小读客 经典童书馆

童年阅读经典 一生受益无穷

不爱说话的十一岁

[菲] 艾琳·恩瑞达·凯莉　著

程婧波　译

文汇出版社

ERIN ENTRADA KELLY

HELLO, UNIVERSE

献给卡洛琳，我迷人又复杂的水瓶座女孩。

还有珍——双子座，不死鸟，洞见之人。

目录

1　胆小鬼　　　　　　　　　　1

2　瓦伦西娅　　　　　　　　　7

3　特别的帮助　　　　　　　　13

4　佛寺的钟声　　　　　　　　20

5　乌龟小子　　　　　　　　　23

6　榆树街的老虎　　　　　　　26

7　非同寻常的未来　　　　　　30

8　不是冤家不聚头　　　　　　38

9　瓦伦西娅　　　　　　　　　44

10　布伦斯父子　　　　　　　51

11　当心红色　　　　　　　　55

12　瓦伦西娅　　　　　　　　60

13　蛇　　　　　　　　　　　65

14　宇宙知道　　　　　　　　69

15　瓦伦西娅　　　　　　　　74

16　向下，向下，向下　　　　78

17　地下世界　　　　　　　　84

18　野兽　　　　　　　　　　91

19　瓦伦西娅　　　　　　　　95

20	大喊大叫的问题	102
21	瓦伦西娅	106
22	假装你在别处	110
23	时间问题	115
24	瓦伦西娅	121
25	看不到自己命运的女孩	125
26	梦的解析	130
27	瓦伦西娅	133
28	巴厘岛	136
29	瓦伦西娅	144
30	史矛革	152
31	世事难测	158
32	最糟糕的话	168
33	田中和萨默赛特	175
34	瓦伦西娅	182
35	VS	185
36	也许	191
37	瓦伦西娅	193
38	光	198
39	瓦伦西娅	203
40	维吉尔·萨利纳斯，你没救了	207
41	榆树街的老虎：续	210
42	短信	215

1
胆小鬼

十一岁的维吉尔·萨利纳斯才刚结束自己的六年级生涯，就已经为即将到来的中学生活而感到灰心丧气了。在他看来，摆在自己面前的是一条长长的跨栏跑道，每一道栏都变得越来越高、越来越粗、越来越重。而他自个儿呢，全凭两条又瘦又弱的腿站在这些跨栏跟前。他可一点儿也不擅长跨栏，维吉尔早就已经通过体育课无可奈何地认清了这一点——反正他总是身板儿最小、最不起眼、最没人要的那一个。

尽管如此，在学校的最后一天，他总该开心些。这学年终于结束了。他本该一路雀跃地回家去，把即将到来的暑假揽入怀抱。然而，他却像个吃了败仗的家伙一样走进自家大门——垂着头丧着气，仿佛胸口坠着千斤重的懊丧。全因为今天，有件事成了板上钉钉的事实：他是个胆小鬼。

"哦，小维。"他进门时，老祖母洛拉招呼道。她甚至都不用抬眼瞧。她正在厨房里削着一个芒果。

"来尝一块儿。你妈妈又买了不少。这些芒果打折，所以她一口气买了十个。我们哪吃得完十个芒果？它们还不是菲律宾出产的，而是来自委内瑞拉。你妈妈买了十个委内瑞拉芒果，这哪吃得了？要是犹大[1]的亲吻也打折甩卖的话，那女人一准儿会买不少回来。"

她摇了摇头。

维吉尔强打起精神，这样洛拉就不会察觉到有什么不对劲了。他从果盘里拿了一个芒果。洛拉的眉毛立刻皱成了一团——要是她真有眉毛的话——事实上她早把它们给拔干净了。

"怎么了？你怎么这副表情？"她说。

"哪副表情？"维吉尔问。

"你知道的。"洛拉一向不爱多作解释，"是学校里那个哈巴狗脸的男孩儿又欺负你啦？"

"没这回事，洛拉。"这一次，维吉尔遇上的麻烦可比那个大多了，"没什么。"

"嗯。"洛拉应了一声。她知道维吉尔一定是遇上什么麻

---

1 犹大（Judas），据《圣经》记载，是耶稣的十二门徒之一，因为三十个银币而将耶稣出卖，因此在西方是"叛徒"的代名词。——译者注（本书如无特别说明，均为译者注）

烦了。维吉尔的任何事情都逃不过她的眼睛。他们之间有一种隐秘的、祖孙间的联结。这种联结打她从菲律宾来这儿和他们共同生活的第一天起就存在了。

那天清晨她刚到,维吉尔的父母和两个双胞胎哥哥就立刻冲了出来,忙不迭地同她拥抱、问好。只有维吉尔是个例外。这就是萨利纳斯家的风格——老是咋咋呼呼的,跟一锅沸水似的。而维吉尔呢,则像是站在他们身旁的一片没有涂黄油的吐司面包。

"噢,天啊,我刚到美国的这些天可少不了头疼的了。"洛拉说着,伸出手指按了按太阳穴,又朝着维吉尔的两个哥哥挥了挥手——就算是在那会儿,他们也已经长得高高壮壮的了,"朱瑟利托、朱利叶斯,去帮我拿下行李好吗?我想先跟我最小的孙子叙叙旧。"

等那两兄弟一路小跑着离开了,维吉尔的父母便像展示一件自己并不太懂的藏品一样,把他带到祖母面前。

"这是乌龟小子。"维吉尔的妈妈说。

他们就是这么叫他的:乌龟小子。因为他总是不愿意"从壳里出来"。每当他们这样说的时候,维吉尔都难过得要死。

洛拉在维吉尔的面前蹲了下来,悄悄说:"我最疼的人就是你,小维。"接着她伸出手指,放在嘴唇上轻声说,"可别让你的两个哥哥知道。"

那是在六年前。维吉尔知道,洛拉现在最疼的人仍然是他，尽管在那之后她再也没有这样说过。

他可以信任洛拉。也许有一天，他可以把自己的秘密向她和盘托出，那个害得他成了胆小鬼的秘密。但不是现在。不是今天。

洛拉从他手里拿过芒果。

"我帮你削。"她说。

维吉尔站在她身旁看着。洛拉上了年纪，手指就像纸做的一样，但她削起芒果来却如同一位艺术家。她缓慢地削着，似乎在寻找话头。

"你知道吗？"她终于开口道，"我昨天晚上又梦见那个'石头男孩'了。"

她最近总是梦见那个"石头男孩"。这些梦大都一样：一个内向的男孩——就像维吉尔吧——感到无比孤单，他走进了森林，请求岩石吃掉自己。最最巨大的那块石头张开了阴森森的大嘴，男孩跳了进去。从此以后，再也没人见过他。当他的父母找到那块石头的时候，一切都晚了。

维吉尔不知道为了救出自己，他的父母会做些什么——但是他相信洛拉一定会一点一点地凿开那块石头，非把他救出来不可。

"我保证不会跳进任何一块石头里去。"维吉尔说。

"我知道你遇上什么麻烦了，孩子。你那副样子就跟哀王弗雷德里克一模一样。"

"哀王弗雷德里克是谁？"

"他小小年纪便当上了国王，整日愁眉苦脸。但他不想让任何人看出他的悲伤，因为他希望人们认为他是个内心强大的国王。结果终于有一天，他再也无法承受自己的悲伤。他发泄了出来，像喷泉那样。"她举起双手，在空气里模仿着喷涌的水流，其中一只手上还举着水果刀，"他哭啊，哭啊，直到眼泪淹没了大地，岛屿也被冲得七零八落。他独自一人被困在了一座小岛上，叫天天不应叫地地不灵。最后不知道打哪儿来了一条鳄鱼，把他给吃掉了。"她递过来一片削好的芒果给维吉尔，"拿着。"

维吉尔接了过来："洛拉，我可以问你一个问题吗？"

"尽管问吧。"

"为什么你总爱讲些男孩儿们被吃掉的故事？像是被石头啦，鳄鱼啦之类的吃掉……"

"并不全是关于男孩儿们被吃掉的故事啊。有时候被吃掉的是女孩儿。"洛拉把刀扔进了水槽，扬了扬她那并不存在的眉毛，"要是你打算聊聊，就来找你的洛拉吧。可别像喷泉那样一发不可收拾，然后把自个儿给冲走了。"

"好吧。"维吉尔说，"我得去房间里看看格列佛了，不知道它好不好。"

格列佛，他的宠物豚鼠，一见到他就会很兴奋。只要维吉尔一打开房门，它就会吱吱叫起来。也许这会给他一点儿安慰。

"它能有什么好不好的？"维吉尔走向自己的房间

时，洛拉在他身后大声说道，"豚鼠又不会有什么情绪，孩子。"

维吉尔把芒果塞进了两排牙齿之间，洛拉的笑声回荡在他耳边。

2

瓦伦西娅

　　我可说不好上帝是个什么样儿。我不知道天上是不是就只有一位顶大顶大的神，还是有两个、三个甚至三十个，指不定每个人都有一位属于他的神呢。我不知道上帝是男孩儿还是女孩儿，或者是一位白胡子老爷爷。这都没什么要紧的。知道有人在听我说话我就安心了。

　　我大部分时候都是说给圣雷内听的。他的真名叫作雷纳图斯·古皮尔[1]。这人是个游荡在加拿大的法国传教士。在那

1　雷纳图斯·古皮尔（Renatus Goupil），历史上真有其人。他是一位生活在17世纪初的法国传教士，也是北美第一位被封为圣徒（即圣雷内，Saint Rene）的天主教徒。1642年，他被北美印第安人俘虏，并于该年9月29日被处死于今天的美国纽约州的某处，而非文中说的加拿大。处死的原因是他教当地印第安儿童具有天主教色彩的十字形手势。

儿，他朝一个孩子头上画了两下十字，当地人觉得这是诅咒的手势，所以把他给抓起来处死了。

在我十岁生日的时候，一个叫罗贝塔的小妞送了我一本名叫《历史上著名的聋哑人士》的书。我就是从这本书里知道他的。我可没送过罗贝塔什么《著名金发人士》《著名话痨人士》或者《著名抄我作业人士》的书——要真有这样的书，那简直再适合她不过了——话说回来，我倒是很高兴从那本书里知道了圣雷内。

我不会手语，但自学过字母表，所以我为圣雷内独创了一个手语名字，那就是把中指叠在食指上头——比成他名字的"R"形状——然后这样轻轻地敲三下嘴唇。那是我每天晚上取下助听器之后做的头一件事。接着我就盯着天花板，想象我的祈祷一路上升上升再上升，盘旋过我的小床，沿着屋顶直上云霄。接着我脑子里会出现它们落在云彩上的模样——它们坐在那儿，等待着某种回应。

在我更小的时候，我总以为这样云朵就会变得越来越重，最后我所有的祈祷都会从云上掉落下来，成为现实。不过现在我已经十一岁了，不再那么幼稚了。尽管如此，我还是会想象那些祈祷一路缭绕上升的样子。反正这样想想也没什么坏处。

我只在夜里祈祷，因为这是我一天中最不喜欢的时间。一切都静悄悄的、黑洞洞的，而我又有大把的时间用来胡思乱想。一个又一个念头蹦出来，常常就这样折腾到凌晨两点，我哪怕片刻都没能合上过眼。或者我睡着了，但睡得很不好。

我也不总是讨厌夜晚。

过去我曾蜷缩在床上，不一会儿就能迷迷糊糊睡去。

我不怕黑，黑暗从来不会让我烦心。有一次，老爸老妈带我去了一个叫作水晶岩洞的地方。我们进到地下，那儿简直黑得伸手不见五指。我呢，其实一点儿也不害怕。地下棒极了。我觉得自己就像一个探险家。后来老爸还奖励了我一个雪花球纪念品，不过里面装的不是雪，而是一些蝙蝠。我把这个雪花球放在床头柜上，紧挨在自个儿身边，入睡前我总要拿起它来晃一晃。

瞧，并不是黑暗让我睡不着。让我睡不着的，是噩梦。

噩梦通常是这样的：

我站在一片开阔的田野上——这地方以前我从没来过。我脚下的草是黄棕色的，身边挤满了人。梦中的我知道他们是谁，尽管他们根本不是我在现实里认识的任何人。他们都拿圆溜溜的黑色眼睛盯着我。黑眼珠子，没有眼白。接着一个穿蓝裙子的女孩从人群中走了出来，她说了两个字："日食。"尽管我没有戴助听器，她也没有动嘴唇，我却知道她说了什么。有时梦里就是这样的。

那个女孩指向天空。

梦中的我抬起头来，眼睛一眨不眨地看着她指的方向，半点儿也不害怕。我仰着脖子，其他人也是一样。我们看到月亮挡住了太阳。湛蓝的天空灰了下来，沉入黑暗。梦中的我心想，这可真算得上是我见过的最妙不可言的一幕了。

噩梦的运行机制总是令人有些匪夷所思。

不知怎么的，梦中的我就是知道，结局可能不太妙。当月亮越过了太阳的那一刻，我的血液涌上了耳朵，手心里也全是汗。我从天空收回目光——一点一点地，因为我打心眼儿里不想看见接下来的一幕——然而，正如我早就知道的那样，所有人都不见了。所有人。连同那个穿裙子的女孩。一切都静止了。连草叶儿也纹丝不动。田野在我身边蔓延再蔓延。月亮带走了所有人。所有人，除了梦中的我。

我成了唯一留在那儿的一个。

我不知道现在几点了，但我知道肯定很晚了。大概已经是后半夜了吧。我努力不去想噩梦的事，结果呢，我现在躺在床上，脑子里全是它。我晃了晃从水晶岩洞带回来的那个雪花球，盯着里面四处乱飞的蝙蝠看了一会儿。接着，我试着全神贯注地去看卧室天花板上的油漆。老爸管那叫"爆米花漆"。当我还是个小丫头的时候，我们常常假装天花板真是爆米花做的，我们就那样大张着嘴巴，张呀，张呀，等着爆米花掉进嘴里来。

"下次我会刷个甘草味漆。"老爸总是这样说。他老爱说甘草味扭扭糖是他最中意的零食。我呢，总是摇摇头："巧克力，巧克力，巧克力啦！"

我们过去常常这样。但现在再也不这样了。

我猜他还没学会怎么去做一个十一岁女孩的爸爸。你总不可能让一个十一岁的女孩骑在肩头——尤其是当她正在经历敏感的青春期，身高也发育到了五英尺五英寸[1]的时候。你们再也不可能一块儿做热巧克力，一块儿等待圣诞老人，或者一块儿读一本图画书了。

不过，能回想一下那个甘草味巧克力爆米花天花板也好呀。

总好过老想着噩梦的事。

我闭上双眼，感觉到吊扇扇出的风嗡嗡地吹拂着脸颊。我对自己说：要是今晚又做噩梦了，一定得去找个人聊聊。我还没想好找谁。反正得找个人。而且这人可不能是老妈。

别误会，我老妈偶尔还挺好说话的。要是你运气好的话，她就不会反应太过激。但我可保不齐遇住的是什么状态下的老妈。有时候她表现得太有保护欲、太蛮横，一点点风吹草动她都要乍毛。有一次我直截了当地问她，是不是因为我是聋子所以才那样对我——因为我有时候真这么觉得。

"我的保护欲并不是因为你是聋子。我的保护欲全因为我是你妈妈。"她总这样回答。

1　约1.65米。

不过她的眼睛告诉我，这虽然是事实，却不是全部的事实。

我很擅长从眼睛里找到答案。这和从嘴里找到答案是一个道理。

我可一点儿也不想老妈知道噩梦的事。她一定会每天从早到晚都问个不停，还会让我去看心理医生什么的。

好吧，其实想想那样也不坏。

说不定那样的话我还真能睡个好觉了。

我闭上了双眼。

想想那些美好的事吧。

即将到来的夏天。没错。干脆就来想想这个吧。六年级结束了，美好慵懒的夏天就在眼前。当然了，或许我没那么多可以成天厮混在一块儿的朋友。但那又怎么样？我可以自己找乐子呀。我可以去树林里探险，为我的动物学日记做笔记。没准儿还能画儿张鸟类素描。

能做的事儿可真不少呢。

我才不需要一堆朋友。

我连一个都不需要。

我有自己就够了，对吧？

独来独往——再没有比这更棒的了。

这可省了一大堆麻烦事儿呢。

3
特别的帮助

格列佛是个称职的朋友，不管它是不是豚鼠。维吉尔可以什么都讲给它听，它也从来都不会说三道四。这正合维吉尔的心意——当然了，他也确实需要来点儿真正实用的引导。

他需要一点儿特别的帮助。

洛拉曾经给维吉尔讲过一个故事：一个名叫达雅潘的女人，因为不擅耕作，忍饥挨饿了整整七年。有一天，达雅潘哭了起来，祈求能有一粒米、一颗豆来果腹。她来到泉边洗了个澡，冲掉泪水，这时一位大神现身在她面前，抱了满怀的甘蔗和大米。大神把这些全部赐给了达雅潘，详尽地告诉了她如何耕作方能收获更多。从此以后，达雅潘再也不用挨饿了。

维吉尔希望也能有一位大神告诉他该怎么做，不过他只认识田中香织。

维吉尔喂了格列佛，在走过客厅去吃早餐时发了个短信给香织。一般来说，他可不会在早上七点四十五分给别人发短信，尤其今天还是暑假的第一天——不过香织却是个例外。再说了，她好像随时都醒着。

> 下午见个面行吗？

维吉尔把手机塞进睡衣口袋，循声走向他的父母和两个哥哥——双胞胎哥俩总是起得很早，因为他们似乎对足球抱有一股子没休没止的热情劲儿。

厨房里，妈妈、爸爸和吵吵嚷嚷的哥哥们正在喝着橘子水，一派人声鼎沸的样子。维吉尔左躲右闪着，试图穿过这片喧嚣，拿上一片水果或者煮上一个鸡蛋。

"早啊，小维！"朱瑟利托说。

"早啊，乌龟小子。"爸爸妈妈几乎异口同声地说道。

接着是朱利叶斯："早上好，小弟。"

维吉尔咕隆了一声算是打招呼。他的父母和哥哥们正坐在餐台旁的高背椅上，洛拉则坐在早餐桌旁，读着报纸。

"你妈买了不少小柑橘，你得多吃点儿。"洛拉头也不抬地说。接着她咂了咂嘴，以示那可真是太浪费了。维吉尔一手抓了两只小柑橘，都快握不住了，他在洛拉身旁坐了下来。

这时，手机在口袋里震动起来。

"你在看什么，洛拉？"维吉尔问。他把小柑橘们在面前一字排开，然后瞄了眼手机。

我有空。
中午准时过来吧！

维吉尔把手机面朝下放在餐桌上，就挨在小柑橘们旁边。

"死亡和毁灭充斥着世界，"洛拉说，"到处都有信仰在崩塌。"

朱利叶斯扭头看向了他们这边："哎，洛拉，别这么悲观。"

一直以来，维吉尔都怀疑他那两个哥哥是从某个专门生产完美、健壮、永远快乐的孩子的车间里精雕细琢而成的；而他则是拿边角料凑合出来的。朱瑟利托和朱利叶斯身上唯一的美中不足，仅仅在于他们微微内弯的小指头。

维吉尔打量着自己正在剥着小柑橘的双手。他的手指都又长又细。没有一根指头是内弯的。

"洛拉，你对手了解多少？"他问。他看了一眼朱瑟利托和朱利叶斯，两人正热火朝天地聊着足球。他们的父亲最近也加入了一个成人足球联盟。家里人人都迷足球——除了维吉尔。

洛拉放下手中的报纸："关于手嘛，我知道，一般来说，它们都有五个手指头。"

"'一般来说'是什么意思？"

"我记得我们村子里有个女孩儿，生来就多了一根大拇指。"

"真的？他们拿这大拇指怎么办的？她有没有去找医生把它截掉？"

"没有。她家里很穷。他们请不起医生。"

"那他们怎么办呢？"

"留着那根指头呗，还能怎么办？"

"她不觉得这样怪怪的吗？"

"可能吧。不过我告诉她，上帝自有其旨意，她也许不知道，但上帝自有他的道理。"

"也许上帝想让她成为一个超级会搭便车的旅行家[1]。"维吉尔说。

"也许吧。没准她会像鲁比·桑·萨尔瓦多呢。"

"那是谁？"

"我们村子里的另一个女孩儿。她有七个姐姐。每个姐姐出生的时候，她的父母都要卜算一番她们的将来。可是轮到鲁比·桑·萨尔瓦多的时候，没人预测得出她的将来。每当有人试图占卜，他们都只能看到白茫茫的一片。谁也不知道这意味着什么。她总是到处问别人：'我的命运会是怎样的

---

1 超级会搭便车的旅行家（excellent hitchhiker），搭顺风车的旅行者一般都要站在公路边向来往车辆伸出一根大拇指表示需要搭车。

呢？我的命运会是怎样的呢？'后来连我也受不了了，'没人知道你的命运，可你却快要把我们都给逼疯了。'"

维吉尔想到这位可怜的鲁比·桑·萨尔瓦多——她只能眼睁睁看着姐姐们都拥有她永远也没法拥有的东西。

"她后来怎么样了？"维吉尔问。

"她离开村子，去搞清楚自己的命运。村子里从此清净了许多。"洛拉眯起眼睛看着他，"干吗问这些呀，小维？这世上有那么多问题可以问，你为什么偏偏问关于手的问题？"

"我刚发现原来我的手指都长得挺不错，你瞧？"

他把小柑橘的果皮拨到一边，在桌上摊开双手给洛拉看。

洛拉点点头："是啊，你的手长得很好看。你有一双天才钢琴家的手。我们该让你去学学钢琴。李！"她朝维吉尔的妈妈喊，"李！"

"什么事，妈？"维吉尔的妈妈正在笑着，她闻声应道。她这人总是乐呵呵的。

"我们怎么从没让小维去学钢琴呢，啊？他有一双钢琴家的手！"

这次答话的却是维吉尔的爸爸："因为男孩子就得搞搞运动，而不是守着一台傻钢琴瞎转。对吧，乌龟小子？"

维吉尔往嘴里塞了半个小柑橘。

萨利纳斯先生举起他那装了橘子水的玻璃杯："他得再长壮实点儿！"

洛拉注视着维吉尔的双手，摇了摇头。

"噢，天啊，"她喃喃道，"你天生就该弹琴啊，孩子。有这样的手指，你一定可以去麦迪逊广场花园[1]演奏的。我保证！"

"也许我是该去学学。"维吉尔嚼着果肉说。

"没错，没错，好主意，棒极了。"洛拉说。她转而看向维吉尔的脸，认真端详起来："你今天觉得好些了吗，孩子？"

维吉尔咽下了小柑橘，点点头。

"嗯，"洛拉问，"你的小宠物怎么样啦？"

"它很好。不过昨晚我在网上看到有人说豚鼠最好不要单独饲养，因为它们是群居动物。"

"所以呢？"

"所以，格列佛一定很孤单咯。"

"这就是你担心的事？"

格列佛可跟维吉尔的担忧毫无关系。通常来说，维吉尔也不会说谎。不过眼下只要给个肯定的答复，便能一石二鸟（或者用香织的话来说，"一箭双雕"）。他能得到一只新豚鼠，洛拉也会不再因为他的苦瓜脸而问这问那。

---

1 麦迪逊广场花园（Madison Square Garden），位于美国纽约州纽约曼哈顿中城，是为纪念美国宪法之父詹姆斯·麦迪逊而建造的。它是许多球队的主场，也是个人演唱会、政治集会等大型室内活动的举办地。"去麦迪逊广场花园演奏"，可以说是一件非常了不起的事情。

所以他答道:"是吧。"

洛拉点点头。她不是很明白为什么有人会想要一只宠物豚鼠,但是又有谁不明白孤单的滋味呢。

"我会跟你妈妈说说的。"她说。

4
佛寺的钟声

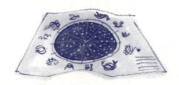

　　十二岁的田中香织对自己是个双子座这件事满意得不得了，她还总爱告诉别人自己的父母出生在云雾缭绕的高山上，一座武士的村落里。当然了，他们其实出生在俄亥俄州，是百分百的日裔美国人。可这又有什么关系？冥冥之中，香织就是觉得她的父母本该出生在那片群山之中。人偶尔会投错胎。不然怎么解释她那只可能是来自某个神秘之地的预言能力呢？

　　暑假的第一天早上就收到了客户（老实说，她也就只有这么一位客户）的短信，这让香织有些吃惊，更何况还是在清晨的七点四十五分。不过就在头一天晚上，当她神游入梦时，看见了一只鹰在一根栅栏上落脚。现在她恍然大悟，那可不是什么鹰，而是一只兀鹫。而兀鹫的发音是以字母"V"开头的，那不正和"维吉尔"的名字一样吗？[1]这联系再明确不过了。

她其实早就醒了——她总是尽量在黎明到来时醒来——这时她听到手机里传来一串佛寺的钟声。那是短信铃音。她赶紧划动手机屏幕，看到了维吉尔的短信。

"一定是有紧急情况。"她躺在床上说。她总喜欢在独自一人的时候大声说话，仿佛是说给周围那些神神鬼鬼的东西听的。

回复了短信之后，香织点燃了一束香，走过她房间地板上那块十二星座小圆毯，来到走廊上。她轻轻地敲了敲妹妹的房门。大家都还在睡觉，七岁的小吉睡得尤其沉。小吉是个巨蟹座，巨蟹座在早上总是没精打采的，他们都是些臭名昭著的夜猫子。

"敲门顶不上用。"香织说。

她打开了房门，不出所料，妹妹的房间简直"不堪入目"——桃红色的梳妆台，桃红色的窗帘，桃红色的地毯，还有桃红色的床单。这十足是个二年级小学生的卧室，地板上到处摆满了泰迪熊，塑料杯子、塑料茶壶也横七竖八地四处散落着。小吉可真是一点儿也不爱收拾。她还有个三分钟热度的毛病。她曾经下定决心要在某个兴趣爱好上有所擅长——她试过玩跳房子，玩爬爬架，玩下跳棋。地板上丢着一台久久无人问津的录音机，还有一本关于亚伯拉罕·林肯

1　兀鹫（vulture），与"维吉尔（Virgil）"都是以"V"开头的。

的章节小说——那阵子她原本打算要成为一名业余历史学家的。在靠近她的小床床脚的地板上，躺着一根像蛇一样盘作一团的粉红色跳绳——显然那是她最近的新宠。

"将来有一天，她会成熟起来的。"香织说给那些神神鬼鬼听。她朝着妹妹走去，一面生气地把那根挡道的跳绳一脚踢开。整整一周来，小吉都在家里跳个不停，这快把大家给逼疯了。更别提她还打碎了三个水杯。

"小吉，"香织戳了戳妹妹的肩膀，"快醒醒。今天有个客户会过来，我们得准备准备。"

小吉的眼皮颤动了一下，并没有睁开。

"小吉。"香织戳得更用力了。小吉身上穿着印有兔宝宝图案的睡衣，简直了。

"起床啦！"

小吉嘟囔着，一把扯过被子遮在头上。

香织理了理自己的睡衣——纯黑色的，镶着红边——她说："好吧，算了。我还是自己准备圣灵石吧。"

小吉掀开被子，眼睛瞪得老大。她的一头黑发朝四面八方胡乱地支棱着。"你打算用圣灵石？"

"我自有用它们的原因。就是一种第六感。不过你要是还想睡觉的话……"

"我这就起床，这就起床！"小吉说。

"到圣灵房间来找我。"香织说着，朝小吉的睡衣摆了摆手，"但你可别穿着这身兔宝宝来。"

5
乌龟小子

关于豚鼠的部分都是真的。它们不喜欢独处。维吉尔真希望自己从来不知道这一点，因为现在他不得不相信格列佛正在心如死灰中受着煎熬。这可怜的黑白相间的啮齿类动物已经独自度过了十八个月，维吉尔情不自禁地想，它一定是在绝望的孤独中度日如年吧。

在去见香织之前，维吉尔把背包里的东西都倒了出来，塞进去一条偷偷从织物柜里拿来的羊毛毯。然后他把格列佛放了进去。他们要一块儿上田中家去，这样他俩就谁都不会孤单了。

当维吉尔把格列佛从笼子里抓出来的时候，它连吱都没吱一声——显然它还沉浸在悲伤和愤恨之中。

"宠物店的人都没告诉过我豚鼠是群居动物。"维吉尔注视着格列佛那亮晶晶、圆溜溜的黑眼珠说，"真是太抱歉了。"

维吉尔小心翼翼地把格列佛放到了毯子上，然后拉上了背包拉链。他没有完全关严，这样格列佛就能自在地呼吸了。

"我知道你正在承受着什么，这样会让你觉得好些。"他说。在这一刻，维吉尔的心事让他和格列佛惺惺相惜。

安顿好格列佛之后，维吉尔就背上了背包。这是一个周四，他妈妈要晚上才会去医院上夜班。这会儿她正盘腿坐在沙发上看着电视。这有点儿让人失望，因为维吉尔原本打算悄无声息地溜出前门，而不用和爸爸或者妈妈撞个正着。

真倒霉。

"你这是上哪儿去，乌龟小子？"妈妈问。

每当他们叫他"乌龟小子"，在维吉尔听来，就好比学校里那个切特·布伦斯叫他"白痴"一样。他当然知道爸爸妈妈不是切特·布伦斯，但他也清楚他们是在取笑他的羞怯，就如同切特·布伦斯取笑他已经十一岁了却还不会背乘法表一样。

做父母的知道维吉尔有多讨厌被叫作"乌龟小子"吗？

"香织家。"维吉尔嘟囔着答道。

萨利纳斯太太和田中太太相互认识，她们都是医院里的护士。

"给她带个芒果去吧，告诉她熟了才能吃。"

维吉尔跑进厨房，争分夺秒地从果盘里拿了个芒果。洛拉一直在埋怨妈妈这几天买了太多水果，所以他明白妈妈是想证明这些芒果和小柑橘都没白买，它们一个个儿都找到了好去处。

就在他转动前门的把手时，妈妈说："别跑太远了，乌龟小子。我爱你。"

他站在半开的门前，犹豫了一下："妈妈？"

"怎么啦？"

别那样叫我。

那会让我觉得自己只是个六岁的小屁孩。

那会让我觉得自己是个胆小鬼。

"我爱你。"最后他却只是这样说。

他走进了温暖的阳光中。

6
榆树街的老虎

田中家住在长满茂密树木的丘陵对面，一栋不起眼的房子里，门牌号是枫树街 1401。对维吉尔来说算不上是段远路，只要他抄近道穿过树林，再走过榆树街和灰烬街——瞧，这就到啦。可是哪能那么容易呢，恰恰相反，命运（或者说衰运，维吉尔搞不清楚到底是什么）把切特·布伦斯家的房子恰好安插在了榆树街 1417 号——去田中家的必经之路上。

大部分时候，绰号"公牛"的切特·布伦斯都在他家门口的车道上打篮球。维吉尔的父母过去总埋怨说如今的孩子们都不去户外玩耍了，因为他们总是忙着玩电子游戏。但"公牛"是个例外。他在榆树街上东游西荡，像是一头神出鬼没的老虎。

维吉尔可不认为切特·布伦斯"公牛"的绰号仅仅是因为他的姓[1]。那家伙活脱脱就是一头公牛，时时都在准备冲锋，刻刻都在挑衅维吉尔，叫他"白痴"或者"娘炮"。有时候维吉尔觉得他的鼻孔里都能喷出烟来。

为了避开榆树街1417号，维吉尔不得不绕路多走几个街区。这会多费一些工夫，可是他还能怎么办？所以当他从榆树街对面的树林里走出来时，立刻就往左拐去——哪怕只要穿过榆树街往右再走一个街区，就能立刻到达田中家。

他埋着头，拿拇指钩住背包的肩带。走啊，走啊，走啊。走到街角那个有绿门的房子时，右拐。

没来由地，维吉尔就是觉得只要他不和别人四目相对，就不会招来什么麻烦。

可惜他错了。

"喂，白痴！"

一个声音从他身后远远的地方传来。

但那也并不意味着暂时的安全。"公牛"很清楚怎么一溜烟地跨越遥远的距离。维吉尔的心里"咯噔"一下。

看来绕远路也不能保证万无一失。有时候切特会像这样走出家门——此刻他粗壮的双手还抱着他的篮球。

狭路相逢在所难免了。

---

1 公牛（Bull），与切特·布伦斯的姓氏布伦斯（Bullens）前四个字母相同。

维吉尔没有抬头。他加快了脚步。

"喂，白痴！你不知道是在叫你？"

维吉尔继续加快脚步，背上被汗湿透了。这要么是因为太阳更炽热了，要么是因为他的神经更紧张了。

他听见身后传来急促的脚步声，运动鞋摩擦着混凝土地面。"公牛"会从后面把他推倒在地吗？或者拿篮球砸他的脑袋？在学校他一般都只是把他往墙上推搡。"公牛"还没有真的对他怎么样过。可是，凡事都有第一次嘛……

"公牛"的运动鞋映入维吉尔的眼帘。他闻到"公牛"身上的汗味儿，心想自己身上的味道恐怕也差不了多少。

"上哪儿去啊，白痴？""公牛"问。他和维吉尔并肩走着，好像他们是好哥们儿一样。

维吉尔没有回答。走啊，走啊，走啊。

"喂，我来考考你。""公牛"不依不饶，"五乘以五是多少？"

走啊，走啊，走啊。

"你这种白痴可能不知道是多少吧，五乘以五等于我和你姐姐约会的次数！"

"公牛"叫嚣着笑出了声。

走啊，走啊。

维吉尔幻想着另一种情形，他站住脚——双脚牢牢站在地上——然后挺起胸膛，直视着切特·布伦斯的眼睛。

"我压根就没有姐姐，蠢材！"另一个维吉尔会这样说。接着他会伸出长着天才钢琴家手指的纤细的双手，一把揪住"公牛"的衣领，把他推到旁边的树上。"收回你的话。"维吉尔会说。可是他攥得太紧，"公牛"根本说不出话来，然后维吉尔会单手把"公牛"给举起来，一把扔出去。"公牛"会飞跃过三十栋屋子的屋顶，最后落在某户人家的烟囱上——尽管现在是夏天，没人在屋子里生火，但那烟囱却烫得要命。"公牛"就这样一屁股卡在烟囱上，难受得像只热锅上的蚂蚁。

可是另一个维吉尔并不存在。现实世界里只有"乌龟小子"。所以维吉尔拔腿就跑，一个字也没说。

然而"公牛"也没有追赶过来。他只是狂笑不止。

7
非同寻常的未来

即使已经逃出了"公牛"的视线，他的笑声依旧像只苍蝇一样追着维吉尔嗡嗡作响。最后，维吉尔终于来到了田中家那栋不起眼的红砖房子前。

像香织这样的人竟然住在一栋毫不起眼的房子里，这可真叫人难以置信。话又说回来，这是她的父母买的房子，而以维吉尔的亲身经历来看，他最能明白"孩子没法选择父母"这个道理了。

小吉打开了前门，只露出一条门缝。

她脖子上像挂听诊器似的挂着一根粉红色的跳绳。这让维吉尔想起他最近在体育课上跳绳的情形——那真是一段相当难堪的经历。

"通关口令？"她问。

"我都来过五次了，还需要……"

"通关口令。"

维吉尔叹了口气："金星从西方升起。"

小吉点点头，让到一旁。维吉尔瞥了一眼手机上的时间，尽管这一路多灾多难，他好歹还是准时准点到达了。他已经能够闻到从香织的房间——她管那儿叫"圣灵房间"——飘出来的燃香气味。她的房间蛮空的，除了床和地毯，就是一张用来燃香的桌子，还有钉在一面墙上的巨大、复杂的星座海报，角落里堆着一些书。

香织盘腿坐在地毯上，腿上放着一个束口袋。燃香的烟缭绕在她头顶，然后逐渐散去。小吉坐到了她的身旁。维吉尔也坐了下来，把背包小心翼翼地搁到腿上。然后他拿出芒果，放在面前的地毯上。

"我妈妈让我把这个带给你。不过得等到熟了才能吃。"他说。

香织朝小吉点了点头，小吉便双手捧起芒果，把它收在了一旁。

维吉尔瞥了瞥背包，好确认格列佛的情况。

"需要小吉帮你收一下吗？"香织问。

"不。"维吉尔马上答道，"我的豚鼠在包里。"

小吉顿时两眼发亮："真的吗？"她朝着背包靠过来，不过香织叫她坐了回去。

"你背包里有只啮齿动物？"香织眯起画了深色眼线的

眼睛问。

"严格来说，是的。"维吉尔说，"不过它可不是老鼠之类的，它是一只豚鼠。"

"啮齿动物就是啮齿动物。"香织停顿了一下，"现在，让我们来干正事吧。"

她举起束口袋。那看起来就像是装着满满一袋玻璃珠子，可是当维吉尔伸手进去摸了摸之后，他意识到里面装的是些中等大小的石头，他妈妈用来铺在花园里的那种。

"选一个，别偷看。然后拿出来放在我们中间的地毯上。"香织说。

维吉尔挑中的这颗石头谈不上什么特别。灰扑扑，光溜溜，像是一弯新月的形状。

香织像个考古学家似的研究了一番那块石头，然后她坐直了背，闭上了眼。

"你的前方有一段不同寻常的未来。"她说。她把两根食指放在了太阳穴上，深色的头发根根竖起，仿佛她是把手指插进了电源插座，她的嘴唇也涂成了淡蓝色。

"嗯，嗯……十分不同寻常。"

"有多不寻常？"维吉尔问。

香织抿了抿嘴唇："嘘。"

格列佛打了个喷嚏。

"你身上会发生一些事。"香织接着说。

吉维尔看向小吉，小吉耸了耸肩。

"就这？"吉维尔问，"我身上会发生一些事？"

"我看到了黑暗。"香织说。

"你眼睛闭着的。"

香织叹了口气，不过并没有睁眼："我知道我眼睛闭着的，笨蛋。我不是那个意思。"

"那你是哪个意思？"

"我的意思是，我看到你身处一片黑暗。"

"什么样的黑暗？"

"就是黑暗而已。"

维吉尔的心怦怦直跳。砰咚！

怕黑是他排名第二的超级机密。是的，他已经十一岁了，不该再怕黑了，可他就是控制不了自己。也许是因为洛拉给他讲过的古老传说——邪恶的三头猴子就很中意黑暗；也许是因为她给他讲过的民间故事——坏孩子总在夜深人静之时被鸟儿叼走。对维吉尔来说，黑暗无疑是头看不见的野兽。

维吉尔感到如鲠在喉——有切特的篮球那么大吧。

"我就看见了这些。"香织说完，睁开了双眼。她伸手从小吉身边拿过了芒果，闻了闻："我怎么知道芒果熟没熟？"

"它会变软的，但别等它变得太软。"维吉尔说。他把恐惧放到脑后，又查看了一次格列佛的情况。

"是这样的，其实我来这儿因为我遇上了一桩事儿。"

"什么事儿？"

维吉尔看了看香织，又看了看小吉，脑子里飞快地转着。他想象着所有词汇排成整整齐齐的队伍，依次从他嘴里往外蹦。没有结结巴巴，没有磕磕绊绊，一点儿也不会显得像个笨蛋。这可是件大事儿。他即将说出自己心中排名第一的超级机密——那个让他成为胆小鬼的绝密事件！

"呃……"他说。

香织正把那个芒果在两手间抛来抛去。

"是这样的……"他接着说道，"……我认识一个女孩儿——呃，我是说，我想跟她说话，而且嘛……那个，从这学年的一开始我就已经做好准备要和她说话了……不过……嗯，现在学年已经结束了……而且，那个，呃……我都还没有跟她介绍过我自己。不过，我，嗯，总有这么一种感觉，那就是我们注定该成为朋友，你知道的，就像……"

"就像某种宿命。"香织说。她把芒果放在了地毯上画着水瓶座标志的那一格。

"对，我想是的。没错，对。"维吉尔的脸颊红了。

小吉抠着手肘问："你干吗不直接走上去说'嘿，你想跟我做朋友吗'？我一般就这么干的。"

香织凶巴巴地瞪了小吉一眼："嘘，小吉。维吉尔和我是中学生了。这一套行不通。况且，维吉尔那么害羞，你连这都看不出来吗？"

维吉尔从胸口一直羞到了脖子根。

"我来帮你。"香织说，"她叫什么名字？"

"呃……"

"我们都不在同一个学校，你可以告诉我呀。说不定我压根都不认识她。"

那倒是真的。香织上的是私立学校。不过就算是这样，维吉尔也没有做好把那女孩儿的名字大声说出口的准备。况且眼下的情形也已经够叫他难为情的了。

"那告诉我她名字的缩写好了。"香织说。

"好吧。"维吉尔深深地吸了一口气："VS。[1]"

香织困惑地歪着头："可这不就是你自己姓名的缩写吗？"

"我知道。"

香织一下子来了精神，就好像她刚好坐到了一块烧红的盘子上。

"那就是命中注定的！也就是说，你们俩命中注定要成为朋友！世界上并没有巧合这回事，维吉尔·萨利纳斯！"香织兴奋得不能自已，"你知道她是什么星座吗？"

他很不好意思承认，不过答案是肯定的——他知道。每周四在资料室里补习的孩子们，过生日的时候会吃块大蛋糕一起庆祝。在瓦伦西娅过生日的时候，他特别留心了一下。

只有谁过生日的时候，资料室的补习成员们才会聚到一

1　在原著中维吉尔·萨利纳斯（Virgil Salinas）和瓦伦西娅·萨默赛特（Valencia Somerset）的英文首字母缩写都是VS。

起。其他时候他们都是分桌而坐，有各自的一对一指导老师，补些他们之所以会被安排到资料室补习的弱项。维吉尔跟着吉格瑞奇女士补数学，而瓦伦西娅则跟着金先生——不过维吉尔不是很清楚她到底有什么需要补习的，她给人的感觉聪明极了。他们大概就是把一周以来的家庭作业都过一遍，确保她全都掌握了。有时金先生甚至会让她自己看一会儿书。

有一次维吉尔偷偷瞄到了她正在看的书，那本书叫作《野性难驯：珍·古德的丛林生涯》。当晚他上网搜索了"珍·古德"这个人，得知她是一位世界知名的黑猩猩专家。他暗暗发誓总有一天，自己也要读一读那本书。

"她是天蝎座。"他说。

"哦！充满冒险精神又勇气十足！富有活力但直来直去！热情洋溢又自信满满！我现在搞明白你为什么不敢和她说话了。她和你完完全全是两种不同的人！"

维吉尔知道香织并没有贬低自己的意思，却还是难免有些受伤。

香织咬着下嘴唇，陷入了沉思；小吉用两手抓住跳绳的两端把它拉直；维吉尔低头看着格列佛。

时间在难挨的沉默中一分一秒地过去。

"我知道了！"香织终于开口道。她倾着身子，朝维吉尔靠拢过来，仿佛即将要把人类历史上顶顶宝贵的一项真知灼见透露给他似的。她靠得是那么近，维吉尔都能闻到她嘴里的薄荷口香糖的气味了。

"去找五颗形状大小完全不同的石头。下周六上午十一点准时带来找我。明白吗？"

"明白。"

"哦，还有件事。"香织把手伸进口袋，"你周五都会陪洛拉去食品批发超市吧？"

"是的。"

她递给维吉尔一张名片："帮个忙，带上这个去吧。帮我把它钉在布告栏上。本来我该自己去的，但爸妈要是看见我把自己的姓名和电话公布给一些完全不知道打哪儿冒出来的陌生人，他们肯定会抓狂的。"

维吉尔从她手里接过名片。

她的手机号码就印在最下方。

"把它钉在人们能看见的地方。"她补充道。

维吉尔答应了。

8
不是冤家不聚头

"你怎么这么安静，孩子？"洛拉问。她和维吉尔正走在食品批发超市的冷藏食品区。

"我一直不都挺安静的嘛。"维吉尔答道。

"可你跟我在一起的时候从不这样呀。再说了，我觉得这安静和平常可不一样，你眼神也很空洞。"

"我只是在想事情。"

"什么事情？"

维吉尔想了想说："杀死鳄鱼的玛拉雅。"

这算不上是个谎话。

据洛拉说，玛拉雅是个年轻的菲律宾女孩儿，有一次她来到了一座饥饿肆虐的村庄。村庄就在一条大河的边上，水草丰美、果蔬飘香，可从没人敢吃上哪怕一口——因为这些食物全部都归鳄鱼所有。这一天，玛拉雅又来了，她打树上摘下一颗番石榴吞下肚，这可把村民们给吓坏了。他们告诉她不该这么干，这会给全村招来杀身之祸。可是玛拉雅吃个不停，她还生了一堆火，烤起了蔬菜叶，还把菜叶分给村民们。村民们提心吊胆地跟着吃了起来，因为他们实在是饿坏了。这下可好了，鳄鱼从水里钻了出来，要他们说出是谁吃光了属于它的食物。玛拉雅挺身而出，站在了全村人前面，她拍着胸脯说："是我。"鳄鱼说，既然村民们吃光了属于它的食物，那么现在它就要吃光所有人。接着它张开了血盆大口，露出寒光闪闪的牙齿——玛拉雅徒手从火堆里捡起一根木柴，插进了鳄鱼的喉咙，结果了它的性命。

玛拉雅什么也不怕。

瓦伦西娅也是一样。

维吉尔都不用和她说话就能知道这一点。他就是知道。

"为什么是玛拉雅？"

真相就在维吉尔嘴边了。他几乎就要向洛拉和盘托出，"我想到杀死鳄鱼的玛拉雅，是因为学校里有个叫瓦伦西娅的女孩儿让我想起来的。"

就在这时，奇怪的一幕发生了：瓦伦西娅出现了，就在冷藏食品区的走道上。

瓦伦西娅·萨默赛特！

她正慢吞吞地跟在她妈妈身后，心不在焉地盯着华夫饼和薯条看。她俩看起来似乎都不太高兴。

"说曹操曹操就到"的感觉真是太奇怪了，就好像是脑子里的想法在现实中活了过来。维吉尔想，这就是命运吧。他不知道自己到底信不信命，不过只能这样解释了。要不然这样的一桩"巧合"又怎么能自圆其说呢？在今天之前的十一年里，他都没在学校以外的任何地方碰到过瓦伦西娅·萨默赛特。或许也曾碰到过，不过他当时没有注意。

"世界上并没有巧合这回事。"

"你们俩命中注定要成为朋友！"

"孩子？"洛拉说着，一面把购物车往前推了推，去瞧那些冷冻比萨。朱瑟利托和朱利叶斯超爱比萨，不过洛拉总是拿不定主意要不要买它们。"便宜倒是便宜，但一点儿营养也没有。"她会说。

瓦伦西娅没有注意到维吉尔。她正忙着和她妈妈赌气。维吉尔一看便知那种"和妈妈赌气"的表情。

要是她抬眼看到了他怎么办？她会说"你好"吗？他该说"你好"吗？怎么说呢？要怎么和戴助听器的人说"你好"？是像通常那样，还是说有套什么规矩？他可以招招手，对吧？可是接下来呢？说完"你好"之后又说点儿什么呢？

"你在神游吗？"

维吉尔突然回过神来。他悄悄躲到了祖母的身后，不想让自己被瓦伦西娅看见。他还没想好到底要怎么说、怎么做。这是命中注定的，而他因为性格使然……不会搞砸这件事吧？

"对不起，洛拉。"维吉尔小声说，"我刚才在想放假前那天的一点儿事。"

洛拉扔了一袋"一点儿营养也没有"的比萨进购物车。"什么？什么事？"她随时都准备好了听八卦，不管这八卦关于什么。

"呃，"维吉尔说，"那天中午的菜是青豆。"

洛拉扬了扬眉毛："要是这都算得上是什么大新闻，那你可真得找点儿更有意思的事情做了。"

洛拉从冷藏货柜里取出来一袋抱子甘蓝，咚的一声扔进了购物车。她推着车往前挪去。在冷藏食品区的走道里，刚好只有四个人——维吉尔祖孙俩，还有瓦伦西娅母女。

维吉尔无所遁形。藏到洛拉身后是不太可能了——首先，她身材瘦削；其次，她正转过身来说："小维，你在干吗？哦，瞧瞧，我踩到你了！"

维吉尔停下了脚步。

萨默赛特太太往她的购物车里放了一包冷冻薯条。瓦伦西娅还在盯着冷藏货柜出神，好像那是一扇通往纳尼亚[1]王国的大门。

"嗯。"维吉尔说。

---

1 纳尼亚（Narnia），是隐藏在衣柜门后的一个神奇的魔法王国，生活着会说话的羊怪、海狸、矮人、树精等魔法生物。出自英国作家C.S.刘易斯创作的一套儿童幻想小说《纳尼亚传奇》（*The Chronicles of Narnia*）。

命运又给了他一次机会，可是他呢？竟然还想着藏在洛拉身后？

他咽了一口唾沫，又说了一声："嗯。"

瓦伦西娅随时可能抬起头来看到他，到时候他就一定得做点儿什么、说点儿什么了。

我能做到！就现在！我要冲她招招手，或者对她说"你好"！

我才不在乎自己是不是看起来傻透了。

世界上并没有巧合这回事。

他朝前迈了一步。

瓦伦西娅却转身走开了，压根就没发现他。维吉尔都不知道自己到底是该笑还是该哭。

他灰心丧气，转身看向洛拉。洛拉正一手捧着一袋冷冻豌豆，维吉尔不知道她是在比较着价格还是质量。

"咱们去买些冰淇淋吧？"他请求道。对面的冷藏货柜上整整齐齐地摆放着各种冰激凌。就算他是个胆小鬼，至少还能得到一点儿安慰。他又赶紧加上一句："买点儿好的冰激凌。"

洛拉总是习惯买最便宜的那一款。维吉尔觉得这简直不可理喻。她买过一种比别的牌子足足多出两倍量的冰激凌——装在一个塑料大桶里——但味道可不太好。按理说量更多的冰激凌应该更贵才对，可是很显然在冰激凌的世界里这条准则并不成立。维吉尔宁愿分量少一点儿，只要它吃起来味道还不错。

洛拉还在盯着豌豆看。

"草莓味。"她说。

维吉尔更想吃法国香草口味的，不过他生怕洛拉一会儿就改了主意。

他端详着冰激凌，寻找着最中意的一款——那种有大块大块货真价实的草莓果肉的——突然他从货柜玻璃的反光里发现了一张熟悉的面孔。

"公牛"切特·布伦斯——或者用洛拉的话来说，"哈巴狗脸的男孩儿"，尽管她都没有亲眼见过他——就站在维吉尔的身后，正和他爸爸聊着什么。

这简直就是在食品批发超市里的一场博伊德中学大联欢。最能搅扰维吉尔心神的两个人，此时此刻就和他同一屋檐下，就站在买一送一的苏打水和批发芒果的旁边。

"公牛"没有发现他。目前还没有。

维吉尔一把拉开冷藏货柜的门。门上很快就氤氲满了雾气，遮住了"公牛"父子（更重要的是，遮住了他！）。

维吉尔站在那儿，直到汗毛倒竖、牙齿打战，直到他确信无疑"公牛"父子已经走远了，这时洛拉站在走道的尽头冲他大声喊："快来，孩子！"他赶紧抓起离自己最近的一桶冰激凌，连看都没看一眼。

9

瓦伦西娅

我总爱把自己的名字想成一句战斗口号。

瓦伦西娅！瓦伦西娅！瓦伦西娅！

不管你是大声喊出来，还是写在纸上，这都是个朗朗上口的好名字。叫这名字的人若是走进一个房间，一定是喊"我来了！"，而不是问"你们躲哪儿了？"。

瓦伦西娅·萨默赛特，没错，这是个好名字。老妈说他们原本想给我取名叫"艾米"，不过她看了看我，觉得"瓦伦西娅"更合适。

这个名字是我和老妈唯一共同认可的东西。就拿眼下来说吧，我们正在一家食品批发超市的冷藏货柜区，她拿了一包直薯条而不是扭扭薯条。开什么玩笑！居然有人会觉得直薯条更好？

我拍了拍她的肩膀好让她转过身来："就不能拿扭扭薯条吗？"

冷藏货柜的嗡嗡声充满了我的助听器，淹没了她大部分的回答，不过我用不着听清楚她说的每一个字就知道她肯定正在说"不行"，还会附带一通等我再大点儿就能有自己的零花钱用来逛超市，想买什么买什么的长篇大论。

说实话，逛食品超市太无聊了，而且老妈从不让我自己选任何东西，我根本就不想来。但是她非让我来不可，因为老爸还没有下班回家，她需要我帮忙扛东西。我没有和她争，因为争也没用——从来都没用。

所以我不情不愿地来了，而昨晚的噩梦已经够让我糟心的了。我醒来时心跳得很快，差点儿就以为它要跳出胸口了。之后我就再也没法重新入睡。所以今天我天不亮就醒了。天不亮就醒来的唯一好处是你可以看到日出。日出的一瞬是"慢"和"快"同时发生的，这是我最喜欢它的地方。你得在最最恰当的时机才能观察到这一点。如果时机正确，你就能看到天空从灰色转为红褐色，而接下来呢，白天就来临了。黑暗已经不复存在。

瞧，我才爬出了一个噩梦，又掉进了另一个：和老妈一起逛食品批发超市。

"去拿三个牛油果给我。"老妈的口气好像我是她的私人助理一样。她伸手指了指蔬果区，那看起来足足有五百个走道那么远。真棒。我现在得去拿牛油果了——而我压根就不喜欢这玩意儿。

我磨磨蹭蹭，把步子迈得超级慢，脑子里想着一些要是我不用来逛食品超市就可以去做的好玩的事——比如观察老爸老妈卧室窗户外面的那个鸟窝。

窝里有两只鸟宝宝。原本是三只的。我告诉自己第三只鸟宝宝离家出走去展开一场华丽的冒险旅程了，但其实我清楚并不是这样。因为我读了很多关于雏鸟期的资料，我知道对鸟宝宝来说生存下去是何其艰难。当你还不会飞时，很难保护好自己。有时它们会从窝里掉下来；有时别的动物会把它们抓走吃掉。

要是我现在不用拿牛油果，就能在家替那两只鸟宝宝望风了。虽然那棵树对我来说太高了，很难够到它们的窝；虽然我得把头仰到一个超级夸张的角度才能瞥见鸟窝——但起码，它们会知道有人在守护着自己，就像圣雷内守护着我。

尽管我觉得牛油果怪恶心的，但却是挑牛油果的一把好手。你得挑那种颜色发深的，而不是绿油油的。然后你把它握在手里捏一捏——轻轻地，非常轻。如果你捏得太用力，很可能就会捏坏它。你要挑又柔软又结实的。如果它塌下去太多，那可能已经坏掉了；而如果它塌下去一丁点儿，那应该就正合适。

刚挑好了三个完美的牛油果，超市扩音器里就响起了广播声，搞得我的助听器刺啦作响。我有时会觉得听不到喧嚣的话，日子会更舒坦些。我听不清每一个字眼，不过我猜我听到了"本周特价"，这意味着广播声起码还要再循环播放好几个钟头。

我离自动门很近，于是打算走到门外让耳朵好受点儿。接着我才意识到手上还拿着牛油果，我当然不想当个小偷，所以我站住了，打量起入口处的布告栏来，仿佛我原本早就计划这么干一样。

我发现了一点儿有趣的东西，这时广播也停止了。

通灵咨询?

成人不宜?

我还没听说过有什么通灵咨询是只针对未成年人的。

我咬着下嘴唇，久久地盯着"通灵咨询"和"成人不宜"几个字，脑子里浮现出一个念头。

我知道通灵这种事一般都是预测未来，但我并不烦心自己的未来。我担心的是自己的现在。眼下，我正饱受睡眠不足的困扰。

我从背包里掏出手机，单手敲击，尽量不让另一只手上的牛油果掉到地上。我倒不是很担心手机掉下去，老妈买的是超级防摔的一款，所以就算手机掉到地上也不会把屏幕摔坏。尽管我迄今为止还没弄坏过什么东西，除非她发现了——嗯，还没被她发现弄坏过什么东西。

> 嘿，正好在超市看到了你的名片。
> 你对梦有研究吗？

我等待着。很快，对话框跳了出来。她正在输入信息。

> 是的。我对梦无所不知。
> 我研究过弗洛伊德。
> 你要预约吗？

有人撞到了我，我这才发现自己站得离自动门太近了。我朝布告栏迈了一步，正要回复信息，却猛然醒悟到对方很可能是个杀人不眨眼的恶魔之类的。虽然名片上印着"田中香织"，但并不意味着对方真的就叫田中香织。或者就算她的确是叫田中香织，但没准田中香织其实是个被通缉的疯女人，专门拿十一岁的孩子当早餐。

你多大了？

我怎么知道你不是个变态杀手？

我十二岁，你别搞笑了。

你这口气不像十二岁。

对话框又弹了出来。

因为我是一位六十五岁的自由角斗士转世。

呃。我说不好这是让我更放心了还是更担心了。我看了看名片的背面。

还是再考虑考虑吧。

我把手机放回了口袋，朝超市的另一头走去找老妈。迎面走过来一个同校的男孩儿，他的五官皱作一团，好像名叫切特。我之所以知道他的名字是因为派珀先生老爱把捣蛋鬼的名字写在黑板上，这当然挺幼稚的，不过老师们有时难免会拿我们当七岁的小屁孩。老师们和老爸老妈们真是有蛮多共同点的。

总之，这男孩儿的名字总是出现在黑板上，因为他随时随地都表现得像个十足的蠢货。我不知道他姓什么，不过这没什么关系。我都不觉得他配叫"切特"这个名字，我觉得他叫"皱脸儿"比较合适。

我知道这样想不太好，可是我能怎么办？他的五官皱在一堆，就好像他闻到了什么让自己暴跳如雷的东西。他有一双瞪得圆圆的眼睛和两片鼓得圆圆的脸颊，它们全都凑在一块儿。真正粗野的人是藏不住的。有时你比较难以看出，但有时它就表现得十分明显。而切特就十分明显。

现在"皱脸儿"正往收银台走去，身旁是大一号的"皱脸儿"——我猜那是他爸爸——而我则正往他们的反方向走。经过他时，我直视着他，因为我已经知道会有什么事发生了。果然如此。他把手指塞进两只耳朵，翻着斗鸡眼，吐着长舌头。打第一天上学他发现我是聋子开始，他就这么干了。这小子还真是得再想出点儿新花样才行啊。

"你是个浑蛋。"我说。

我不知道他会不会听到我说的话，不过我才不在乎呢。

听到就听到呗。

10
布伦斯父子

耳聋的人有些怪里怪气，不太正常。那个女孩儿尤其是！

总之，切特总觉得她并不是真的聋子。他不知道她是不是装成聋子，以便偷偷监视每一个人。再说了，她会读唇语，那简直令人毛骨悚然。她极有可能留神着他们说的每一句话，还把他们的秘密全都记在一个小本子里。也许什么事都瞒不过她的眼睛，比如谁从自动售货机里偷过东西，或者谁在课桌上刻过脏话。这让切特心惊胆战，因为他两桩坏事儿都干过。

切特抬眼看了看他父亲，后者一副休闲打扮，用切特母亲的话来说就是"不打领带，圆领 T 恤衫，黑色休闲裤"。切特并不是很确定他父亲的工作到底是什么，不过不管是什么，他也希望从事同样的工作。大约是公司销售之类的活儿吧，那不重要。重要的是，布伦斯先生很受重视，他经常会去出欧洲或者西雅图这样的远差。

布伦斯先生总爱说，聪明人得什么都知道一点儿。这样你才能获得尊重——你比别人都知道得多，这样就能显得别人都不如你聪明。他还说尊重无非两种——出于恐惧，或者出于钦佩。有时两者皆有。否则你就只不过是鄙视链底端的一个懦夫，只配被别人踩在脚下。

这也让切特酷爱问他父亲各种问题。他总能得到解答，学到一些新东西。

"人为什么会聋？"切特问。

布鲁斯先生站住脚，拿了一包家庭装的多力多滋牌玉米片。他一向钟爱这个牌子。有时他会让切特挑一包给家里人带回去——随便什么牌子都行——而切特总会挑多力多滋这个牌子，尽管他暗地里喜欢的是奇多牌玉米片。

"不知道。我猜有很多原因。"布伦斯先生说着，把那包多力多滋牌玉米片扔进了购物车，"有的人是生来就聋的。怎么了？你看到谁是聋子啦？"

切特若无其事地朝自己身后瞥了一眼。瓦伦西娅已经走了。不过他仍然可以感受到她那凶巴巴的眼神。

这女孩儿铁定是有什么不对劲吧。

别的聋子一般都只是怪怪的，仅此而已。

"没有。"切特说，"只是随口一问。"

"这家超市就雇了几个。食品超市偶尔会给那种人提供工作，就像是一种施舍，你懂吗？残障人士没有什么上升空间。"布伦斯先生敲了敲自己的额头，"不过好在他们至少还知道怎么打包食品。"

切特点点头。

"昨晚我听到你在门口的车道上打篮球来着。"布伦斯先生说。他们正走过薄脆饼和曲奇饼区。布伦斯先生一目十行地看过去，"还在练习，对吧？"

切特觉得自己脖子有些发热。他生怕脖子会变红。

"没错。我打算整个暑假都用来练习，没准等到秋季选拔的时候就能加入球队了。所以……"切特耸耸肩。如果他装作漫不经心，就能掩盖他对这件事的在意了。假装自己可以，直到真的做到。他不知道打哪儿听来的这么一句。

布伦斯先生说："教练可忘不了去年选拔赛时你的表现有多难看。"

他们走出了货柜区。布伦斯先生扫视着排队结账的人群，找寻着人最少的那一队。切特亦步亦趋地跟在他身后。

"昨晚你投中了几粒球？"他父亲问道。

切特把两手插进口袋，踟躇着放慢了脚步。他父亲选了七号结账台。

"不少。"他说着，清了清喉咙，"我都数不过来。"

布伦斯先生满面笑容地朝他转过身，重重地拍了拍他的肩膀，又捏了捏他的后脖颈："并不是人人都能当上篮球明星。你会找到自己擅长的运动的，就算并不是篮球——这没什么大不了的。"

他父亲转而去关心传送带了。排在他们前面的女人在传送带上放满了速食晚餐、点心蛋糕，还有两升苏打水。那女人身材偏胖，她身上穿的睡衣让她看起来更显胖了。

布伦斯先生朝儿子俯过身，压低声音道："她该买点儿蔬菜，对吧？"他笑了出来。

那女人回头往他们看过来，凶巴巴地瞪了两人一眼，就是瓦伦西娅瞪切特的那种眼神。切特不知道那女人是不是听到了，但愿她是听到了。教化他人的唯一途径，往往就是让他们感到难堪，一棒子打醒他们，让他们看清自己所犯的错误。这是布伦斯先生经常说的。这很有效。每当布伦斯先生出现时，人们就会立刻意识到自己的错误。

切特笑道："没错。"

那女人买了不少食物，所以过了好一会儿才轮到布伦斯父子把他们的东西一件件拿出来：热狗、玉米片、碎牛肉、冰激凌、三明治、黄油爆米花、全麦饼干，还有两根巧克力棒。

收银员是个动作又慢又笨、满脸青春痘的愣头青，根据他那别在工装口袋上的名牌来看，他的名字是"肯尼"，上面还写着"见习生"。

"等到走出这儿我儿子恐怕都高中毕业了。"布伦斯先生说。他笑了几声，以示这仅仅是个玩笑。

"恐怕都大学毕业了。"切特补充道。他也笑了，声音只敢刚好让他父亲听到。

11
当心红色

维吉尔从网上了解到，豚鼠的睡眠时间总是不固定的。它们是那样弱小——轻易就会被其他动物捕食——所以必须时刻准备好。这使得它们没多少舒舒坦坦入睡的机会，比如格列佛吧，总是每隔十五分钟就要打上一小会盹儿。维吉尔常常闹不清楚格列佛到底有没有真的在睡觉，因为它的眼睛总是睁开的，而且大部分时间它都藏在自己的塑料树屋里面。

不过，那并不意味着格列佛总是安安静静的。尽管它依旧遵循着本能，却还是极为享受在笼子里的探险，常常弄出很大的动静来。它喜欢把饮水瓶弄得咯咯作响，这使得维吉尔在周六早上七点就被吵醒了。

咯咯，嗒嗒，咯咯，嗒嗒。

"唉，格列佛。"维吉尔睡眼惺忪地说。他把毯子蒙在头上，不过这一点儿也不管用，他已经彻底清醒了。也许这样也好，现在他可以去美美地吃个早餐，把格列佛装进背包，还有大把的时间去寻找那五颗石头。

他幻想了无数次香织会怎么使用这些石头。没准她会把它们扔到他脑门上，免得他再干出在食品批发超市里往冷藏货柜门背后躲躲藏藏的蠢事。

他起了床，伸了个懒腰，打开了卧室门。他听了听。四下里安静极了。很好。

他踮脚走过客厅，生怕发出响动把谁给惊醒了。这倒不是为别人着想，而是为了他自己。爸爸妈妈和哥哥们一整天都太闹腾了，尤其是在早上。

屋子里静悄悄的。

真是太棒啦！

平日里总是吵吵嚷嚷的房子此刻却安静极了，这使得维吉尔沉浸在喜悦之中，他打开冰箱时甚至都没往厨房的餐桌那边看一眼。维吉尔惊喜地发现屋子里静得连他脑子里在想什么都能听得见。没有人在大声说话或者谈笑。没有人叫他"乌龟小子"。

他伸手去拿牛奶。一个愉快的早晨就这样开始了。维吉尔准备安静地坐下享用他的肉桂吐司，一边计划一下这一天怎么过。他会计划计划怎么在香织家附近的树林里寻找那五颗形状大小各异的石头——他原本不打算去林子里冒险的，但他很清楚那是捡到符合要求的石头最好的去处了。当然了，他也可以从自家屋后的花园里偷偷拿几颗，不过他总觉得这样不大好。他不知道香织允不允许使用花园里的石头，也许是不能算数的吧。

"你倒了太多牛奶了。"

维吉尔吓了一跳。"啪嗒"一声，牛奶洒出了装麦片早餐的碗，溅落在了餐台上。

洛拉坐在厨房餐桌旁，翻着一本杂志。

"你吓了我一跳。"维吉尔说。

"走进一个房间的时候，你总该先瞧瞧清楚吧。"洛拉答道，"好好地瞧个仔细，就不会冷不丁被吓一跳了。"

"我忙着在想事情。"维吉尔擦干了餐台，把牛奶放回冰箱，端着碗坐到了餐桌旁。洛拉说得没错，他倒了太多牛奶了。牛奶都满到了碗沿。

洛拉放下杂志，虚起眼睛："你最近老是在想事情。你的小脑瓜里到底在想什么？别再拿什么吃青豆的事儿来蒙我了。"

维吉尔愣住了。他还不打算告诉洛拉关于瓦伦西娅的事。他还没准备好。在这件事上，他不需要她的建议。

不过要是能转移下洛拉的注意力，那会让她好受一些吧。

维吉尔塞了一大口麦片早餐："你相信命运吗？"

洛拉坐直了背。"哦，是的。"她说，"我当然相信。"

"所以你相信一切事情都是事出有因咯？"

"啊，我说，别嘴里嚼着东西说话。还有，没错，我相信。我觉得好事儿都是有原因的。坏事儿也一样。"

维吉尔吞了一口食物："你干吗老提坏事儿呢？"

"要是没有坏事儿，也就没有好事儿了。它们总要发生的。你从来没想过吗？"

"没有。"维吉尔看着他的麦片早餐，"我还真是没想过。"

"我也相信预兆，小维。"洛拉扬了扬眉毛，好像她深藏着一个秘密。

"什么样的预兆？"

洛拉俯过身来："昨晚，我梦见了一个名叫阿玛多的男孩。他走在一片草地上，突然看见了一棵鲜红色的树。他被这棵树给迷住了，决定走到树跟前去，尽管人人都叫他别去。'不，别去。'他们说，'别去，阿玛多。那棵树坏透了，非常坏。'但是阿玛多才不听呢。他从来没见过一棵那样的树，所以他还是一意孤行。"她把指尖按在餐桌上，仿佛阿玛多就站在那儿，"他还是去了，谁的话也听不进去。你猜最后怎么样了？"

维吉尔舀了满满一勺牛奶喂到嘴边，嘟囔着答道："那棵树把他给吃掉了？"

"没错，就是那样。"洛拉又重新靠在了椅背上，"小维，你知道这预兆是什么意思吗？"

"别一意孤行地走向一棵树？"

"不。当心红色。"

"当心红色？"

"就今天。"洛拉指向维吉尔，"这是我今天给你的忠告。你记好了，小维，好吗？"

"好吧，洛拉。"维吉尔答应了，他又舀了满满一勺牛奶，"我会记住的。"

12
瓦伦西娅

　　走廊里有一盏特制的灯，每当有人按门铃时，它就会闪个不停。今天早上我醒过来时，透过半开着的卧室门，看到那盏灯正闪闪烁烁。我不知道什么样的变态会在周六早上七点半就上门了，不过我打算去看个究竟，因为只有我醒着。我知道老爸老妈还在睡，屋子里有这样一股子睡意，就好像连墙壁都还在昏睡似的。

　　我光着脚走过大厅，并没有打算戴上助听器。门口站着一个椒盐色胡子的男人和一个棕色眼睛、满脸雀斑的女孩儿，两人的胳膊底下各夹着一叠小册子。我一看就知道他们不是来问路的，因为他们一脸无事不登三宝殿的表情——这可真奇怪，我以前从没见过他们啊。男人问了声"你好"，然后开始自我介绍起来，不过他的大胡子让我很难读出他在说什么。我想他八成是叫"科瑞格"或者"格瑞戈"之类的吧；而女孩儿的名字则更加含混不清，大半是"伊"开头的，就是那种不用动嘴唇也能发出来的名字，"伊妮德"之类的。

在他喋喋不休地说下去之前，我指了指自己的耳朵，摇了摇头，表示自己是个聋子。他看我的眼神就好像我的脑袋上突然冒出了藤蔓一样，他和那个雀斑女孩儿退出门边，朝我挥手作别。

"很高兴见到你。"他说这话的时候夸张地动着嘴，连后牙槽都露出来了。这是句常用语，不难读出唇语。我猜他说这句时肯定也不由自主地放大了声量。

他们一边往外走，那女孩儿一边转过身来打量我，就如同我是动物园里的展览品。我想冲她吐舌头，不过我没有。他们正朝着隔壁的富兰克林太太家走去，很快就会幡然悔悟、自食其果的。富兰克林太太可不喜欢不请自来的客人。再说了，她养着三只猫——你肯定从来没见过脾气那么坏的猫。我预感到只要富兰克林太太一声令下，那些猫就会把那男人的大胡子给扯下来。

我关上门，看了看那本小册子。它看起来像是教会使用的，封面上用大写字母印着："只有用心聆听之人方能听见"。有意思。不过那个"科瑞格"还是"格瑞戈"没能留下来和我说说话，还是挺遗憾的。我敢打赌，这年头愿意"聆听"的人可不多了，况且他们还是在周六早上七点三十分按响别人家的门铃。尽管如此,我还是愿意聆听。

要是他们留了下来,我会事无巨细地向他们了解教会以及他们所从事的工作;我会问他们,到底觉得上帝是个男孩儿还是个女孩儿,或者是个白胡子老爷爷;我会问他们听没听说过圣雷内——要是他们没听说过,我会讲给他们听。没准我还会给他们煮上一壶咖啡,反正我知道怎么煮。我会问他们教会做礼拜的日程安排;问他们是否会给人施洗,如果施洗的话怎么个做法。

可事实上我却傻盯着一本小册子在看。我把它丢进了厨房的垃圾桶,因为我知道老爸老妈根本就不信这些。

老爸正从走廊那头走过来。他挠着后脖子,往常刚睡醒时他总这副动作。

"刚才是谁来了,小蛋糕?"我猜他会这么问,因为这问题显而易见,而他向来都管我叫"小蛋糕"。我并不因为这个昵称很幼稚而讨厌它,相反,我巴不得他一直这样叫我,直到我真的长大成年,比如三十岁。

"教会的人。"我说。我把那本小册子从垃圾桶里捡了出来,拿给他看。他两眼一翻。

"你今天打算干点儿什么?"他问。接着他哈欠连天地朝食品柜走去,打算给自己做个麦片早餐。他每天早上都会这样做。有时候,他甚至连晚餐都吃麦片。没人比我老爸吃的麦片更多了。他是真的很爱好甜食——而甜食会让你长一口烂牙——至少我老妈是这样说的。不知怎么的,老爸爱吃麦片这件事总是让老妈非常恼火，她说那压根算不上什么正经食物。

"我打算带着我的动物学日记出门探险。"我说。我没提去见香织的事。

总归，我想要对付噩梦的欲望战胜了我对疯子的恐惧。我约了今天下午一点。

事实上，是"准时下午一点"。看来田中香织对守时是非常看重的，这让我觉得她可能不是什么杀人狂。因为如果她真是什么杀人狂的话，守时不该是她最看重的吧。

为了保护自己，我没有向她透露我的真实身份。她这么问起来时，我告诉她我叫雷妮[1]。她还问了我姓什么，不过我答："就是雷妮。"我一时半会儿瞎编不出什么姓。

老爸还在往他的麦片里倒着牛奶，我走回了房间。也许我能再睡上一会儿。现在还太早，我打算再赖会儿床。

我晃动雪花球，在蝙蝠们沉底之前钻进了被窝。

香织住得不远，这是件好事儿。不过我以前怎么从来就没有去过她家那一带呢？更妙的是，她就住在树林的另一头，而我对那片树林可以说是了如指掌。我知道有一片特别的空地，黄昏时会有土拨鼠出没；我知道有一口废弃的老

---

1 雷妮（Renee），与圣雷内（Saint Rene）的"雷内（Rene）"只有一字之差。而圣雷内是瓦伦西娅心目中在天上守护自己的圣徒。

井，井绳和水桶早已不见了踪影；这一切都说明那片树林以前并没有被植物侵占，而是有过人家。这也意味着那些树木都很年轻。那里生长着梧桐、松树，还有白杨。我知道林子里有几棵树的树叶总在秋天的时候变成明黄色，那是我最喜欢的地方之一，我总爱在那儿写日记。我甚至还曾经横穿过整片林地，从另一头的街区钻出来。没准我以前就见过香织家的房子了。谁知道呢？

她应该在院子里竖个招牌什么的，这样就能招揽更多生意了。

我闭上双眼，想起了那本小册子。大胡子的教堂在哪儿呢？要是我问过他就好了。

嗯，好吧。我可以假装自己现在就身在一座教堂里。

我想象着自己坐在一条长椅上——大胡子的教堂里会有长椅或者凳子吧？——仰头看着一座无比巨大的圣坛，向圣雷内祷告。他不会像看一个头顶上长出藤蔓的人那样看我，因为他能理解。我试着想象他就像我一样，耳朵上戴着一对助听器。

"亲爱的圣雷内，"我说，"我一直想着这整件事——独自一人赴会，而我不知道这是不是个好主意。要是不用一个人去田中香织家就好了，万一她拿十一岁孩子当早餐呢……我昨晚没有做噩梦，这很好，因为我一定要保持机警。说不清香织到底是不是一个杀人狂魔。如果她是，请务必保护我。谢谢您。阿门。我不确定要不要说个'阿门'，不过说说也挺好的。嗯。阿门。"

13
蛇

切特在周六早上醒来时，满脑子想的都是蛇。

强尼·戴维斯说他在学校附近的林子里发现了一块蛇皮，切特打算盖过他的风头。发现蛇皮有什么了不起的，他要活捉一条真正的蛇。

切特为此也想好了计划。他会找一条趁手的长棍，寻一处蛇出没的地方，比如灌木丛或者高草堆之类。他会捅来捅去，直到捅出点儿动静。他会这里捅捅，那里捅捅——当然了，他又不傻，知道要保持距离——直到蛇昂首吐芯，采取攻势。就在蛇从地面跃起袭向他的那一瞬间，他会一把抓住蛇的尾巴，这样就不会被咬到了；接着再用另一只手飞快地掐住蛇的头部下方。他动作敏捷，毫无疑问比蛇还敏捷。而且他也很勇猛。

择日不如撞日，今天正是时候。

他最喜欢蛇的一点，就是它们大口大口吞食猎物的方式。人们大都怕蛇，这只能说明人性中的怯懦。切特可不怯懦。去年郊游时，他二话不说就抱住了一条南美巨蟒——尽管波什小姐和爬行动物馆的管理员弗雷德里克先生介绍说它可以轻易绞断猎物的骨头。

"你们都是胆小鬼！"切特对在场的所有人大喊，"居然怕一条小细蛇！"

大卫·凯斯特勒叉着手说："我可不觉得这蛇小！"

"就知道你会怕它，小勒勒。"切特说，"你跑不了十步就会摔个大马趴挂掉。"

大卫是一个患有哮喘的矮个子男孩儿，总是随身带着吸入器。

切特挺起胸膛说道："再说了，它是不会伤害我的。它清楚谁是老大。"

他的胳膊因为蟒蛇的重量而有些吃不消，但他没有吭声。不过当弗雷德里克先生把蛇抓回爬虫箱时，他也没有反对。这时那个叫瓦伦西娅的女孩儿举起了手。切特想，她还真有脸提问。

弗雷德里克先生向她示意，她问："蛇有听觉吗？"

全班都窃笑起来，切特也在其中。

大卫朝所有人都投去一个不耐烦的眼神："闭嘴。"他们真就闭嘴了，就连切特也不例外，不过那是因为弗雷德里克先生准备要回答问题了。

一个身板儿跟一年级新生差不多、成天都在含着吸入器的孩子，就是吃了豹子胆也镇不住场子。

弗雷德里克先生抬手挥了挥，以示大家安静。

"很好的问题。"他说，"蛇类并没有耳朵，但是它们可以通过皮肤感知到的振动来'听'。振动传导进内耳，这样蛇就能听到声音。当然啦，这和你我听声音的方式不尽相同，科学家们至今都不确定蛇听到的声音到底是什么样的。"

切特觉得，这都是她装出来的，好像问一个关于耳朵的问题就能证明她真有听力障碍一样。由此可见，她戴着醒目的助听器也多半是为了招摇过市。她对助听器毫不掩饰，这只能证明他的猜测是对的。再说了，她周四下午都在资料室里补习，那可比平常的课程容易多了。其他时候呢，老师们都通过和她的助听器配套的话筒来讲课。而且除非她主动举手，老师们也从不抽查她去黑板上做题。反之，他们总跟切特过不去。"坐到前排来。""住手。""别影响那个孩子。""你的家庭作业呢？"

这个叫瓦伦西娅的女孩就是个十足的骗子！

当她盯着南美巨蟒看的时候，切特也在一旁打量着她。没准她是个女巫，借着助听器就能收听到另一个世界的声音；或者她在家里练习巫术什么的；又或者，她可以跟人和动物进行心灵交流。总之她浑身上下都透着不对劲儿。

当全班都列队离开，瓦伦西娅却落在了最后，还在研究着那条蟒蛇。谁也没有告诉她该动身了，连弗雷德里克先生都忘记了。就好像她是透明人一样。

那女孩儿跟一切都格格不入。

14
宇宙知道

以前，圣灵房间里摆满了家具之类的玩意儿。香织做了一些清理。她的父母非让她留下一张床，她则说服他们把梳妆台扔到了车库。她的壁柜里塞得满满当当，不过这都是值得的，这样就留下了不少空间，使她得以从房间的任何角度都能看到星图——现在是周六早上八点，她正盯着墙上的星图看。

香织已经叫醒了妹妹，眼下有个要紧事得好好考虑：怎么在既定的星象命理下，把双鱼座和天蝎座撮合到一块儿？这可是个细致活儿。借着命运的吸引力顺势而为是一回事，操纵宇宙听从你的吩咐又是另一回事。

她需要好好计划一番。

"星星的排列对他们很有利。"香织说。她站在星图跟前，肩部舒展，双脚分开，双手叉腰。

"你怎么知道？"小吉问。她依葫芦画瓢，有样学样，只不过身上的睡裤穿反了。那条跳绳缠在她的腰间，像是一条腰带。"这看起来啥也不是，只有一些点点和线条。"

香织叹了口气："跟你讲过无数次了，那些点点代表星星，线条代表星座。而且注意，那不单单是线条，而是图案，懂吗？这是猎户座，那三颗星星构成了他的腰带。他正在狩猎，看出来了吗？"

小吉把头歪向右边，接着又歪向左边："看起来就是些线条嘛。"

"这儿是仙女座和飞马座，看出来了吗？"香织指着星图提示道。

"看出来了，因为名字就写在它们旁边。可这看起来不还是线条嘛。"

香织叹了口气。"原谅她吧。"她冲着那些神神鬼鬼说。

"这能帮我们想出计划？"

"星星告诉我们一切。这就是宿命，小吉。星星中的宿命。世界上并没有巧合这回事。"

小吉斜眼看了看那张图："那上面也有我的命运吗？"

"当然。你的命运就是帮我想出计划。"

"我以为等维吉尔带着岩石来了之后，我们施点法术就行呢。"

"是卵石，不是岩石。"

"还不都一样。"

"才怪。"

"有什么区别呢？"

香织摸了摸她的头："就是不一样，小吉。你就不能让我专心思考一会儿？你简直不明白要撮合那两个星座，我们的任务有多么艰巨。"

"也许他们本就成不了朋友。就算名字缩写相同也说明不了什么吧。我和吉特鲁德·田林森的名字缩写还相同呢！[1]可我一点儿也不喜欢她，她弄坏了我三支粉红闪光笔，但从来都没道过歉。她还把笔头上的橡皮擦都给咬了下来，真是够恶心的！"

"他们注定成为朋友，这是宿命，我确信。"香织说，"宇宙为此做了安排。"

"什么安排？"

"比如让他们出现在同一时间、同一地点。还有就是像我一样，运用某种特别的力量让他们走近彼此。"

"他们在学校里出现在同一时间、同一地点已经一年了，但他们至今都没有说过话。"

"那都怪维吉尔，怪不了宇宙。你知道他很害羞。那孩子背包里放着一只啮齿动物，小吉，啮齿动物！"

"那不是啮齿动物，是只豚鼠。"

---

[1] 吉特鲁德·田林森（Gertrude Tomlinson），和小吉（Gen Tanaka，田中吉）的英文缩写首字母都是GT。

"豚鼠就是啮齿动物。就好比老鼠、松鼠或者田鼠一样。"

"我觉得格列佛很可爱呀。"

"我要说的是，这对维吉尔来说很不容易。首先，他是一个双鱼座。"香织转身离开星图，走到她的小圆毯边上。小吉连忙跟了上去。

"你瞧双鱼座的标志，两条鱼朝相反的方向游动着。知道这是为什么吗？"

小吉摇了摇头。

"因为双鱼座总是陷入自我矛盾。他们总是不能下定决心去做某件事。缺乏自信，过分敏感。"

小吉蹲了下来，仔细瞧了瞧那两条鱼。

"再来看看天蝎座。"香织说。

小吉那双深色的眼睛转向了地毯上与双鱼座相邻的一个符号。

"呃，是只虫子。"

"才不是呢！"香织生气了，就好像小吉刚刚说了什么对父母不敬的脏话，"好吧，就算是只虫子吧。但它可不是什么普通的虫子，这是一只蝎子，小吉。一只蝎子。你知道那意味着什么吗？"

"那个女孩长了一条尾巴？"

香织冲神神鬼鬼们道了个歉，接着说："不，那意味着她果断、独立。她很有主张、充满自信。也许她还有一点儿小脾气，有一大群争夺着她的关注的朋友——而可怜的小维却只能和一只啮齿动物说话。说起来，他俩真是相当互补。我敢说他们毫无共同之处。毫无！"

小吉认真想了想，抬起头来看着香织："没准她也喜欢啮齿动物呢？"

香织第三次叹了口气。

"开什么玩笑。"她说。

15
瓦伦西娅

　　松鼠是我最喜欢的动物之一。我决定今天在穿越林子的时候多多留心一下它们。我准备观察观察松鼠，还要喂我的宠物狗史克瑞德。

　　好吧，它其实不是我的狗。不过它差点儿就是了。我向你保证，没人比我更关心它了。要是老爸老妈不那么反对养狗的话，它就是我的宠物了。他们不承认自己讨厌狗，却又不许我带史克瑞德回家，说是养宠物意味着很大的责任，而他们没法照顾它。我告诉他们关键是它会成为我的宠物，也就是说是由我来照顾它。可老爸老妈就是听不进去。他们说我还不够有责任心，不能养狗，可他们怎么知道呢？我们家从来就没养过狗呀。我猜他们只是不想在家里养条狗而已。如果真是这样，他们大可以直说，总好过把整桩事怪罪在我

"缺乏责任心"上头。有时候我真搞不懂老爸老妈，真的。

所以呢，因为老爸老妈觉得我搞不定喂狗和遛狗，史克瑞德就只好在林子里自生自灭了。我尽力照顾它，每次去观察动物的时候我都会给它带一碗吃的，而它也总会出现。它是只超级温顺的狗狗。单单只是看它一眼——尤其是第一眼的话——你是看不出来的。它个头儿很大，浑身脏兮兮的，看起来很不好惹。它在树林里生活，练就一身生存智慧，所以总犯不着一天二十四小时都摇尾乞怜吧？第一眼时你可能会觉得它很凶，不过我只消看看它的脸就能知道，它很友善。还记得我之前说过的关于真正粗野的人是藏不住的吗？狗狗也同理。一切长着眼睛的动物，都同理。大部分时候都是这样。

史克瑞德浑身漆黑。出于某种原因，人们总是更怕那些毛色是黑色的狗。现在想想，好像人们对待猫也一样。不知道这是为什么。狗和猫又不能随心所欲地选择毛发的颜色，它们生来就是黑色或者棕色又有什么关系呢？不过就是毛色罢了。我知道，人们有时候就是很古怪。

我打算十点半左右动身去林子里。这样我就有大把的时间在本子上记录松鼠的活动，喂史克瑞德，然后不紧不慢地到达香织的房子。不过首先，我得从厨房偷偷拿一个碗。老爸老妈偶尔会用泡沫碗或者塑料碗，但通常情况下他们不会。所以要想拿走一个真正的碗，我得倍加小心。一般我都会选他们不常用的碗，这样就不会被发现了。不过最近老妈正在整理橱柜，我猜她可能发现了些什么。我能看出她百思不得其解地在想："我的碗好像有什么不对劲？"

其实呢，每当我带着食物去林子里喂史克瑞德，我都打算要把碗带回家洗干净了再放回碗柜的。可是智者千虑必有一失，对吧？偶尔（好吧，是大部分时候）史克瑞德会把碗叼去藏起来，再也找不到了。我确实是需要想出一个更好的办法，可我总是忘记去捣鼓出一个好办法，直到我又该去喂史克瑞德了——就比如现在。

我在心里默记：想出一个更有效的带食物的办法。

也许我可以做个狗狗喂食器，然后把它钉到树上。

不过眼下可没时间做那个。

一等老爸老妈走到休息室里去看周六早间新闻——那新闻节目超级无聊，字幕也超级糟糕——我赶紧悄悄拿了一只碗。我往里头装了些玉米片、五片意大利肉肠、一块奶酪、一把小萝卜。我知道这听起来不是很诱人，相信我，看起来也不会很诱人。不过史克瑞德才不在乎呢。

只要你饥肠辘辘，就会饥不择食。

可惜我没能轻轻松松走出家门，正当我要出门的时候，老妈一把拽住了我的衬衫。

"你这是上哪儿去？"她问。

"出去吃早餐。"

她朝碗里看了一眼，挑起一边眉毛："你早上就打算吃这个？"

"呃……没错。"

好吧，我知道这不太有说服力。可要是我告诉她我打算去林子里喂一只流浪狗，她铁定会抓狂的。她总是对不值当的事情大惊小怪。

"我还要去野外观察。"我侧过身，这样她就能看到我肩上的小包，里面装着我的日记本（也就是那本动物学日记）和我最钟爱的素描铅笔。

她考虑着，我也在揣摩着她在想什么。

今天正撞上她心情不错的时候吗？还是说她会很难缠？

"注意安全。"她说，"下午就回来，别走得太远。"

老妈简直就是一页行走的《能做／不能做注意事项》。

"知道了。"我说。

"我爱你。保持开机。"

她说"我爱你"的时候，永远会补上一句注脚。"我爱你。四点回家。""我爱你。记得回我短信。""我爱你。注意安全。"

我猜她对爸爸也是一样。

"我爱你，老妈。我会保持开机的。"我一边说着一边走出门。

没错，我也会补上一句注脚。

16
向下，向下，向下

在世上所有的美味之中——芹菜秆，小萝卜，橘子瓣——格列佛最爱的还是蒲公英。它总是风卷残云、狼吞虎咽地吃下一整株蒲公英，还不忘这里嗅嗅、那里闻闻，想要再来一点儿。对格列佛来说，蒲公英是一种世间少有的美味；对人类来说呢，它们却是需要铲除的杂草。可它们却依旧生生不息。在维吉尔家附近，蒲公英随处可见。它们从人行道的缝隙中冒出来，从生锈的栅栏柱旁钻出来，从修剪得整整齐齐的草坪里探出来。维吉尔总爱采摘它们，就像一位探险家总爱搜寻宝石一样。他一进入林子就把左边的口袋装满了蒲公英。要是往常，他一定会把右边的口袋也给塞得满满当当的。不过今天，他要留着右边的口袋用来装石头。

他本不该独自去林子里探险。有的地方树木茂密，遮天蔽日，而有的地方树木却长得稀稀拉拉。野花点缀其间，这里一丛鸢尾，那儿一簇蒲公英的。洛拉深信林子里满是毒蛇，可维吉尔却认定了他能在这儿找到五颗石头——可不是随便什么石头，而是整个镇上最最拿得出手的石头！

他一进林子没走几步便找到了两颗；再往林子深处走去，住宅区的喧闹声逐渐消失了，他又找到了一颗。就这样，他全神贯注地低头寻找着，眼睛搜索着地面，完全没有注意到身后响起了可怕的沙沙声。等到他听到脚步声时，不禁心跳加速，猛地一个激灵，接着便一动不动地站住了。他很清楚，遇到林子里的野兽时，一定不能乱跑，否则你很有可能变成它们的美餐。

他并没有看见任何东西，不过很确定听到了什么声响。那绝对不是风吹过的声音，或者树枝掉落的声音。什么人——或者什么东西——正在朝他靠近。

"你好？"维吉尔轻声说，轻得不能再轻了。

他觉得自己听到了一声低吼，或者某种喘息。他突然产生了一个念头，林子的另一边是一头犀牛！它正拿前蹄刨着地，低着头，抵着角，准备冲过来。他想象着自己被抛向空中，然后掉落在那头巨兽厚厚的灰色皮肤上，再被它狠狠踩上一脚……他的脑海中闪现出洛拉讲过的一个古老的鬼怪故事：从前，有个人总爱向树木倾吐自己的秘密。在他死后，树木便把这些秘密轻声说给每一个过路者听。也许那声音并不是一头犀牛发出的，而是几株上了年纪的树木在喃喃低语着死者的秘密？

维吉尔看了一眼手机。现在是十点十五分。也许他该随便捡两颗石头，然后一路跑去香织家。她可能不会介意他早到。

不过那声响渐渐小了，消失了。林子里又重归了静谧。维吉尔松了口气。他的心脏不再怦怦直跳。他低头看看脚，发现了第四颗石头，捡起来放进口袋。他盘算着自己是不是捡到了最好的石头，因为想得太过入迷，甚至完全没有注意到那声响又来了，这一次是从他身后来的。

"喂，小呆子！"

维吉尔转过身，顿时吓了一跳。

切特·布伦斯那张红通通、胖乎乎的脸，仿佛要炸开了似的。"你一个人在外头瞎逛什么呢？跟你妈妈走丢啦？"

维吉尔心想，"公牛"不也一个人在外头瞎逛吗？但他没有说话，而是沉默以对。他站在那儿，一个口袋里装满了石头，另一个口袋里装满了蒲公英——他觉得自己傻透了，就像被谁从一个故事里拎了出来，硬塞进了另一个故事。现在，他恍若置身于一个完全陌生的树林、陌生的场景——这故事里只有他和"公牛"两个人，"公牛"手里还拿着一个枕套。

维吉尔猜测着那枕套的用处，电光火石之间，他脑海里蹦出了几个可怕的猜想："公牛"会用枕套闷死他；或者

"公牛"用这枕套装了些动物尸体；再或者，"公牛"打算抓点儿动物，闷死它们，然后用这枕套装它们的尸体。更糟的是，切特不仅仅拿着一个枕套，他还穿着芝加哥公牛队红色的 T 恤衫。

"当心红色。"

一想到这里，维吉尔倒宁愿遭遇的是一头犀牛了。

"怎么啦？""公牛"问，"哦，对，我忘了。你连话都说不利索。你是个弱智嘛。我看你整天都在那个弱智班里补习。说起来，那个班上都干些啥？我打赌不少娃娃还在尿裤子吧？"

除开怕黑、背包里藏了只豚鼠、口袋里装满了蒲公英和石头之外，维吉尔还有一个秘密：他只有七十六磅重，还有，尽管他假装自己有五英尺高，他的实际身高却是四英尺十一英寸[1]。维吉尔不确定"公牛"到底有多高多重，但"公牛"一定比七十六磅要重多了。

"你就是个白痴，对吧？""公牛"说。他眼珠一转，盯上了维吉尔的背包。

切特朝前迈进一步，维吉尔朝后退了一步。"公牛"爆发出一阵大笑，他一定觉得这情形滑稽极了，接着他猛力地一把从维吉尔肩上扯下了背包。维吉尔被这力量牵着转了起来——是真的转了起来——然后摔倒在地，从手掌到肩头都

---

1 七十六磅重，约68.9斤。四英尺十一英寸，约1.5米。

吃了重重的一击。"公牛"嗖的一下子跑远了。维吉尔强撑着站起来，追了上去，一边喊着："不！不！不要！"他使足了力气呐喊，强忍着没有哭出来。

"格列佛！格列佛！"他大声喊着。又或许他只是在心里这么喊着。他现在只觉得脑子里一片空白。

"公牛"在树林里飞奔。他不再笑了，只是抓着维吉尔的背包跑个不停。成千上万个可怕的画面闪过维吉尔的脑海——"公牛"把格列佛撕成了两半；又或者把它扔进一个满是狮子的洞穴；再或者拎着它摔到树上。"公牛"终于停下脚步，转身朝向追来的维吉尔，他满脸涨得通红，脖子和额头上有汗珠在闪烁。维吉尔的心提到了嗓子眼儿。

一旦"公牛"打开背包，发现了格列佛，维吉尔就会冲上去和他拼命。然而"公牛"却没有打开背包。他不怀好意地咧嘴一笑，后退了一步，朝向一圈粗矮的石头——维吉尔以前都没见过这玩意儿。

那是一口废井。

"公牛"猛推了两下，井盖就被推到了一旁。他举着背包，悬在井口。

"跟你的包说再见吧，白痴！"他说。

"公牛"一放手，背包就掉进了那黑暗而深邃的井中。那口井是那么深，维吉尔都没听见包落到井底的声音。

"看来你得重新买点儿书了，娘娘腔！""公牛"说着，笑得越发厉害，"不过反正你也用不上，你连读都不会读哩！"

"公牛"伸手在自己的牛仔裤上擦了擦，好像他刚刚完成了一件很脏的事——说起来，这事也的确不光彩。接着，他转身走开了，消失在了树林里。

只剩维吉尔独自一人留在原地。

17
地下世界

菲律宾有七千多座岛屿。有些岛上从来都荒无人烟，而有些岛上则曾经住过人，不过现在没人了。比如低地岛屿巴拉塔马。洛拉曾经给维吉尔讲过这座岛的故事。

据洛拉说，巴拉塔马曾经是菲律宾南部一座非常繁荣的岛屿。它物产丰富，引来人们不停地索取、占领、扩张，属于野生动植物的领地越来越小。有一天，人们砍倒了一片树木，其中一棵树上住着一只当地的神鸟，名叫"帕"。

帕的翼展有大象那么宽，爪牙有刀子那么利。当它栖息的巨树被砍倒，它可是气急了，整个身体变得越来越大。它展开巨大的双翅，足以遮天蔽日。村民们被黑暗笼罩，这正中帕的下怀。人们会迷失方向，原地打转，这样一来，帕就可以从天而降，捉走他们，再一个个吃掉。

帕很善于利用黑暗作武器。它明白，黑暗会让人们变得软弱，因为人一旦陷入黑暗之中，就会变成无头苍蝇。没有人能够战胜自己看不见的对手——所以黑暗能轻易从这场对决中胜出。在人们意识到自己陷入危险之前，帕的尖牙利爪就已经把他们撕成碎片了。

维吉尔第一次听到帕的故事是在八岁的时候。而此刻呢，他正俯身在井沿上，恍恍惚惚间觉得帕的利爪就要从黑洞洞的井口伸出来了。尽管在地面之上阳光普照，但在那吞没了格列佛的深井之中，却只有无尽的黑暗。黑暗就是黑暗，无论是在天空，还是在别处。

维吉尔的心怦怦直跳。他的胸口仿佛打了一个绳结，这个结慢慢在胸腔中上升，上升，上升——直到从他盈满泪水的眼眶里涌出。

"格列佛？"他喊。

那黑洞洞的井口凝视着他，好似一头饥饿的野兽的喉咙，散发着一股发霉和潮湿的死亡气息。可是格列佛此刻就在井底。他不能放弃格列佛——绝对不能。

好在，还有一线希望。

一架梯子。

他别无选择。

他把口袋里的石头都拿了出来，小心地摆放在井沿上。

接着，他开始沿着梯子往下爬。

往下爬的过程很不顺利。每下降一级，维吉尔的脚就会犹豫那么一会儿。不过尽管颤抖着，他还是会把双脚往下放。而他的双手呢，则把梯子抓得越来越紧，直到关节都开始疼了起来。向下，向下，向下。井底会不会全都是水？也许格列佛正溺在水里，艰难地呼吸着？这口井实在是太深太黑了，尽管维吉尔已经往下爬了六级梯子，他还是什么也看不清。有那么一刻，他甚至觉得也许下面什么也没有——也许"公牛"根本就没有把格列佛扔下去，这一切都是他自己想出来的。

但后来，在漫长的下降之后，他看到了背包。它并没有淹没在水中，而是侧躺在井底。拉链依旧是拉开了一点点的样子，刚好够格列佛呼吸。黑暗拽紧了维吉尔的心脏，让他无法呼吸——除非他知道格列佛还活着。他仔细地听了听——哼哼唧唧，咕咕噜噜，随便什么声音都好——然而他只听见了自己鼓点般的心跳声。

维吉尔继续朝下探出脚，却踏空了，此时他离井底还有不短的一截距离。他抓牢生锈的栏杆，尽量保持住平衡，一点点伸长了脖子往下看，这才看清脚下已经是最后一级梯子了，可要下到井底，至少还得有两级梯子才行。他的手无法够到背包，而他的腿也够不到地面。

维吉尔能看见背包。他说不好里面是不是还有动静，但他不能就这样扔下格列佛一走了之。他情愿就这样跳下去，也不愿意放弃格列佛。

维吉尔靠紧梯子——几乎是抱住了梯子，前胸紧贴着铁栏杆，仿佛只要一个往下跳的念头就能置他于死地。他听见自己的喘息声打破了寂静，那急促的气息就像打嗝一样。突然间，他已经浑身是汗。他体内的一个龙头被打开了，身体的每一寸都湿透了：胳膊肘内侧、手掌、每一根有着完美形状的指头之间的缝隙、后脖子、额前的每一个毛囊、不大的双脚、肩胛之间。每一寸。

维吉尔暗暗想，如果这就是身体为向下跳而作出的准备，那可不太顶用啊。

他放下右脚，使劲让运动鞋的鞋尖抵在井壁上，接着松开右手，抓住下一级铁栏杆。他就这样保持了好一会儿，不知道下一步该怎么做，看起来就好像一个男孩儿分成了两半——一个正往下爬，另一个正往上爬。直到右腿开始发疼，他才松开了左手，放下了左脚。这下子，他就两脚悬空，只能背水一战了，像玩体育课上的单杠一样——虽然他可从来没有玩好过。

他抓住了下一级铁栏杆，朝下探出脚尖，看看能不能挨到地面。

不能。

他又下了一级。

再下一级。

终于，已经下到最后一级了。现在，他该松开双手。可是他做不到。无数画面涌进了他的脑子里：他看见自己抓着受伤的胳膊痛苦地号啕大哭；他看见扭伤的脚踝，露出森森白骨；头部的重创使他动弹不得，直到化为一具骷髅；当他沿着粗粝的井壁落下来时，眉毛上多出一道血口子……

鉴于他离井底还有那么长一截距离，这一切皆有可能发生。

可是格列佛就在那儿。

"格列佛。"维吉尔呼唤道。他期待着能得到回应，四下里却悄无声息。

他抬头望去，井口在他头顶形成了一个完美的圆形。外面的世界充满了阳光，以及空气、树木、鸟儿，还有洛拉。而井里的世界却闻起来像一只臭袜子。外面的世界是树木和青草的味道。他抬头看着那光亮，又低下头去，找寻着格列佛。

他松开了手。

对于一个跳进井底的男孩儿来说，后果可能是非常严重的：他没准会摔得脑袋开瓢，胳膊断裂，脚踝扭伤，骨头错位，诸如此类。又或者，他的手机可能会从口袋里掉出来，摔个粉碎。

维吉尔的手机和双脚相继落地。他感到了运动鞋下踩着的地面，脚下传来一阵痛楚，这使他意识到两点：他安全着陆了，但他的手机没有。不过他做的第一件事是抓起背包，拉开拉链。

他伸手进去查看格列佛，这时听到了一声短促有力的"吱"。格列佛还蒙在鼓里——它只是惦记着蒲公英，于是维吉尔给了它一株。

"你没事。"维吉尔说——尽管格列佛当然知道自己没事。

维吉尔那原本怦怦跳个不停的心脏,此刻也归于了平静。他把背包靠在井壁旁,伸手去拿手机。

手机摔成了三部分——屏幕,电池,还有剩下的那堆。维吉尔试图把零件们拼起来,因为洛拉总说,没有试过,怎能放弃。

"国王呀,齐兵马……"维吉尔喃喃说着,把电池卡回了原位。刚好能卡回去,可惜他发现屏幕完全没救了。屏幕的一角摔得粉碎,好像一张蛛网,"破镜难圆没办法[1]"。

他试着开机,但手机却毫无反应。他又试了一次,还摇了摇手机。他把手机拆开,重装起来,按开机键按得大拇指生疼。依然毫无反应。

他只好把手机放进了口袋,接着仰起头朝上看了看。光亮就在头顶,但却如同一片云朵那样遥不可及。

他站在梯子下,伸长了手指去够最底下的一级栏杆,却无济于事。他踮起脚尖,就算踮得脚趾生疼,也仍旧无济于事。他蹲下身子,竭尽全力伸长手臂高高跃起,终究还是无

---

1 这是《鹅妈妈童谣》里的一首童谣,有着非常悠久的历史。全文为:矮胖子,坐墙头,栽了一个大跟斗。国王呀,齐兵马,破镜难圆没办法(Humpty Dumpty sat on a wall. Humpty Dumpty had a great fall. All the king's horses, and all the king's men, couldn't put Humpty Dumpty together again)。

济于事。

维吉尔想：要是我是朱瑟利托或者朱利叶斯，一定可以毫不费力地够到梯子。不过他又转念一想：要是我是朱瑟利托或者朱利叶斯，又怎么会落得现在这个地步？

他又跳起来试了一次。

他看着头顶的光亮。

"你好？"他试探着喊出声，"有人在吗？"

接着，他喊得更大声了："你好？你好？你好？"

他知道这于事无补。没有谁会到林子里来。就算有人来了，他们也不太可能听见他的呼救。

18
野兽

　　切特敢打包票，戴维斯说的蛇皮那一套，全是胡扯。他在林子里连半条蛇的影子都没有看见。再说了，他也拿不准蛇蜕皮之后会留下什么样的蛛丝马迹——反正他是一无所获。他甚至还折了根树枝，东扫扫，西扫扫，扒开掉落的枯枝和一小簇一小簇的枯叶，想要看看有没有蛇藏在那底下蓄势待发、准备攻击。切特心里一点儿也不害怕，因为他可不是什么胆小鬼。

　　林子里的声响没什么特别——那些傻鸟偶尔发出的啾啾声，驶过社区街道的汽车在远远的地方传来的轰隆声，他的运动鞋踏在地上的啪嗒声——不过切特在对一株灰树的树根处仔细搜索、拿树枝在地上捅来捅去时，一些异常的响动传进了他的耳朵。

他还以为那准是一头灰熊，不过很快他就意识到这想法是多么可笑。

尽管心怦怦跳个不停，他还是提醒自己道：我可不是什么胆小鬼！

并没有什么东西出现，他站直了身子，开始更仔细地搜索起了那一片区域。他侧耳倾听，那个声响再次出现了，这次是从另一个方向来的。听起来是什么东西在移动。他也快速地移动了起来。因为动得太快，发出了很大的声响。

"嘘……"他对自己说。

他扬起手中的树枝，拿它当作武器。

"谁在那儿？"他问。不过他的声音太小了，就像是自言自语，也许根本没人能听见。突然他想到：没准是那个背着背包的白痴？那个小瘦子总是少言寡语，他可能正打算回家去，不想被谁撞见。这样就合情合理了，一切都说得通了。那就打个照面吧，那小子可不是我"公牛切特"的对手！

切特的自信心又回来了。他浑身的斗志熊熊燃烧起来，活动了活动双肩，胸中吐出一口气。

"喂，白痴！"他喊，"是你吗？打算偷偷摸摸去书店吧？"

切特觉得这是今天以来自己说过的最有意思的一句话了，于是他哈哈大笑起来。他总觉得自己是块喜剧演员的料，因为他总是善于逗乐子。

切特等待着。他的眼睛慢悠悠地从这棵树扫视到那棵树。一想到有人害怕得都偷偷绕着自己走了，切特就骄傲得仿佛是个军官大老爷。有时，在上床睡觉之前，他甚至会想象自己正是一位生活在中世纪的握有权势的骑士，骑在一匹高头大马上，身披铠甲，用他那锋利的宝剑指着人们。"去给我打点儿水来，你这土包子！"他会这么说。不过眼下，这儿可没什么"土包子"供他差遣，所以他只想到了"小呆子"[1] 这种叫法。要是那小子长了一对招风大耳朵，这名字就更贴切了。不过总之切特就打算这么叫他了。

"你可以逃跑，但我会找到你的！"切特高声喊道。这句话不是他独创的，不过他搜肠刮肚也只想出来这么一句。

又响起一阵沙沙声。但不是那小子。

切特转向了那个方向，不过他又听到声响从另一个头传来。他朝四面八方转了整整一圈，看到了她。

瓦伦西娅·萨默赛特！

切特放下树枝，藏到了一棵树后。他告诉自己这不过是在监视她，但事实上他只是在躲避她。上次在食品批发超市，她瞪他的样子真是把他吓坏了。

现在她也来了林子里，手里拿着什么东西。一只碗。

显然，她没有发现他。她正全神贯注在别的事上。她专

1　小呆子（dumbo），原意是"笨蛋，蠢货，呆子"，迪士尼公司曾塑造了一头长着大耳朵的小飞象"Dumbo"（译作"笨宝"），因为那对招风大耳朵，它给自己惹了不少麻烦，也因此备受嘲笑。最终，它经过不懈努力，成为马戏团的一名"飞行明星"。

注地眯缝起双眼，仔仔细细地搜寻着。她走得很慢，似乎不忍心打扰这里的一切。两只手一直紧紧地攥着那只碗。

很明显，她在找一只动物。

没准也不是一只动物，而是某种生物。

切特在树后藏得更隐蔽了，这样她就完全看不到他。她会不会是上这儿来做什么可怕的仪式的？她眼中的怒火让他仍然心有余悸。除开耳朵有问题之外，那女孩儿的脑子也有点儿不对劲。

她蹲下身，在树木之间探头探脑地瞧着什么，接着又站起来瞧来瞧去。那碗里装的是什么呢？

没准是一根人类手指，或者一把鸡爪子。也有可能她割下了兔子耳朵，打算用来喂这林子里的某种神秘的"大脚怪"一样的生物。

毫无疑问，她不是什么善茬。聋女孩都不太正常。

除非她其实是假装听不见。

切特鼓起勇气，学了一声动物的叫声。他颤动着舌头，叫得像猫头鹰一样。一开始声音不大，接着提高了声量。瓦伦西娅毫无反应。他又响亮地叫了几声，但她只是拿着碗聚精会神地走着。

切特的脑子里出现了几种可能的解释。也许她在照顾流浪猫，不过他并没有见到这儿有流浪猫，只看到过松鼠。可谁会拿着碗到林子里来喂松鼠？这女孩准没安什么好心！

19
瓦伦西娅

　　在穿过林地的时候，我能感受到很多东西。当风吹过树叶，它们随风摇曳，挠着我的皮肤。当我踩在掉落的枯枝上，它们断裂时的震颤传到我的脚底。我没瞧见史克瑞德，但我知道它一定就在这附近。它在哪儿呢？在我左边，还是在我右边？我摇晃着碗，虽然听不到麦片在碗里晃动时发出的声音，但我能感觉到。我知道这会把史克瑞德引出它的藏身之处。

　　"史克瑞德？"我喊着，"史克瑞德？"

　　没准我该给史克瑞德也编一个手语名字。狗可以毫不费力地学会手语指示，通常比人类的学习速度还要快。我记得之前在哪儿读到过。

　　我一直在学习手语。不过在没有老师的情况下，这有些难度。我也试过在线学习，但除了"你好吗？""你叫什么名字？"这样的句子之外，很难学到什么实用的东西。我有次问老爸老妈能不能让我去上手语学习班，结果他们说反正我戴着助听器，没必要去。但助听器并不是万能的。我得看着说话人的脸才能把助听器里传来的声音和他们做出的嘴形联系到一起。这就像缺一不可的两片拼图。

每当我告诉人们请面朝我，并且说慢一点儿，他们总说："哦，知道了。"不过他们根本记不住。就算老爸老妈也是一样。他们不是故意的，但他们就是记不住。

我是唯一记得这一点的人，因为这是我自己要面对的问题。

我又呼唤了一会儿史克瑞德，然后等待着。

等了好一会儿，史克瑞德终于出现在了树林里。它像往常一样，见到我非常高兴。它加快了脚步，像头小马驹一样地朝我跑来，尾巴一个劲儿地摇着。我把碗放到地上，它拱了拱我的手，然后埋头吃了起来——它的鼻子凉乎乎的。

它三下两下就把碗里的食物吃光了。我蹲下来，替它挠耳朵后的痒痒。我的指头搔着它的长毛，那毛粗糙而潮湿，大概它在湿漉漉的草地上打过滚吧。真不知道我不在的时候，史克瑞德都干了些什么。

但有一点我很确定，那就是我永远也不可能像它一样——它什么都吃。但我做不到。我挺挑食的。我不喜欢牛油果、桃子、绿豆，还有豌豆。我喜欢玉米，但仅仅是剥好了、撒上盐、裹上黄油的那种玉米粒。我喜欢汉堡，但不喜欢奶酪汉堡。我喜欢比萨，但只喜欢原味的。我喜欢小柑橘，但不喜欢橘子。它们看起来挺像，但其实不是一回事。小柑橘要甜得多，橘子嘛，就只是橘子味而已。

"好狗狗。"我说。

用餐完毕之后，史克瑞德不会马上离我而去。为它提供食物确实是我们之间友谊的一个重要前提，但这并不是它喜欢我的唯一原因。每次吃完东西后它总要在我身边待上那么一会儿，这就是证明。它就像是个助手一样，亦步亦趋地跟着我。我走，它就走；我坐，它也坐。当我准备告别的时候，它总能心领神会，然后便回到林子里去——这样它就能又在草地上滚来滚去，或者干点儿别的什么当它独处时干的事儿了。

史克瑞德和我一起走过空地，我向它说起自上次见面之后发生的事情。

"学校放暑假了。"我说，"学期的最后一天，每个人走出学校时都快活得不得了。按理我该比谁都开心的，但其实不是。倒不是说我舍不得学校——当然，学校也还好啦——但放假也不是什么稀罕事。不过好处在于，我可以经常上这儿来看你。我真希望你能和我住到一起，或者被别的好人家收养。当然最好还是能被我收养。"

我们走到了一根倒伏在两棵树之间的原木旁。这儿是我最喜欢坐的地方之一，所以当我们走到这儿，我就坐了下来。我坐在原木上，史克瑞德则坐在我的脚边。

"有教区的人拿着宣传册子来我家。"我继续说，"对了，一会儿我还要去见一个叫田中香织的占卜师。"

这下子，史克瑞德就没有漏掉任何新闻了。我把动物观察日记和铅笔从背包里拿了出来。我要在这儿观察和记录松鼠，今天就以它们为主吧。我假装自己是珍·古德，只不过是把黑猩猩换成了松鼠。要是这片林子里生活着黑猩猩就更好了，不过这不太可能。说实话，我觉得除了动物园之外，在美国恐怕是看不到黑猩猩的。这点以后再研究。我在日记上写下：黑猩猩生活在什么地方？然后在旁边画上了一颗星星。要是我在哪句话旁边画上了星星，意思就是"稍后研究"。我对这个很有一套。要是你打算做野外研究，那就得很有计划性，不然你的观察日记一定会一团乱。

尽管不想承认，但我之所以开始做动物观察日记，全都是因为罗贝塔。我们原本是好朋友，但在她给我那本《历史上著名的聋哑人士》之前很长一段时间，我们就已经不再是好朋友了。她会出现在我生日派对上的唯一的原因，就是她妈妈让她必须来。我能看出这一点。别的朋友们也差不多是这样。不过我和罗贝塔曾经是"BFF"[1]，尽管她常常让我神经紧绷。那时候，罗贝塔喜欢在林子里玩，而现在不喜欢了——现在她热衷于睫毛膏、唇彩和背心裙——但以前，她喜欢假装我们是丛林探险家。

1　即"Best Friends Forever"的缩写，意思是"最好的朋友"。

唯一让她害怕的东西，是蛇。

自从有一次她老爸说林子里有蛇出没之后，罗贝塔就被吓坏了。为了让她别那么害怕，我想方设法学习了关于蛇的知识。我把"防止被蛇咬伤的办法"记录在一个本子里，如下：

1. 千万别惹蛇。别拿棍子捅它，或者踢它，别干这类傻事。
除非你想被它咬上一口。

2. 千万！千万！千万！
不要抓着蛇的尾巴把它提起来！

3. 别去深草里走。

4. 遇到蛇，若无其事地安静离开。
大部分被咬的人都是因为想要靠近蛇看得更清楚一点，或者想要抓住蛇。

5. 如果被毒蛇咬伤，请立刻就医！

我把这些告诉了罗贝塔，这让她放松了不少。当你做好了准备、知己知彼，事情就没那么可怕了。

我真希望我也为罗贝塔和我不再是朋友这件事，做好过准备。

有时候朋友就是这样，慢慢开始她不再和你一块玩耍了，终于你们也不再是朋友了，你都记不清到底是从什么时候开始的。对吧？

不过，我和罗贝塔却不是这种情况。我清楚地记得那一天：十月十二号，我们还在四年级的时候。罗贝塔和几个女孩子们正在玩猫捉老鼠的游戏，我也铆足了劲跟她们一块儿玩。但是游戏结束之后，她走过来对我说："我们不想再跟你一块儿玩了。"

"怎么了？"我问。其实我知道答案。

"你的'约法三章'太麻烦了。"她会说，"而且你总是慢半拍。"

我的"约法三章"是指能让我明白她们在说什么的三点做法：面朝我，不要遮着嘴，说话要清晰。

她嘴里的"慢半拍"，我也明白是什么意思。我们比谁跑得快的时候，我总搞不清楚梅根·里维斯到底是什么时候喊出"预备，跑！"的。我能看出来她准备发号了，但我总没法确定她已经说完了那三个字。我们玩抢椅子游戏的时候，我也搞不清楚音乐到底停没停。玩躲猫猫的时候，我就更闹不清"准备好了吗？我来找你了！"到底说没说。

我一般也能对付过去，但总是比别人慢半拍。我心里明白这拖慢了游戏速度，我想我只是不知道原来别人也发现了这一点。我以为我蒙混过去了，可是罗贝塔给了我当头一棒。

"也许你该去找找新朋友了。"她说。

好像只要我打打手指，新朋友就会冒出来似的。

那天晚上，我趴在老妈的膝头哭了。我真的很伤心。老妈说，如果她们是真正的朋友，就该想出一个大家都能玩的游戏。她这么说我可接受不了。她压根就不明白。坏朋友总好过没朋友。再说了，一开始我原本以为她们是我真正的朋友。那才是我哭的真正原因。

不过我现在独来独往了，而且我乐在其中。我曾经向圣雷内祈祷，请求他能像个朋友一样，在我去见田中香织的时候保护我——以防万一。但我现在不需要了。我好得不得了。我在这儿写着日记，观察着松鼠，脚边还躺着一条忠心耿耿的狗。它不介意我能不能听见它，而且它也不用遵守"约法三章"那一套。

这样就已经足够了。

20
大喊大叫的问题

　　维吉尔想不起来哪怕一次，他曾经大喊大叫的情形。他很确信自己曾经大喊大叫过。哪个活了十一年之久的人还没大喊大叫过呢？可是尽管记性很好，他却一点儿也不记得有关大喊大叫的事。他都不知道自己还是个小婴儿的时候，是不是大喊大叫过。他原本可以去问问洛拉的。她一定知道。

　　"你是萨利纳斯家有史以来最最安静的男孩子。"他妈妈总爱说，"每次带你回老家的时候，我们少不了得教你开口。要不然别人一定注意不到你，你可能会被驯鹿或者吉普尼[1]给压扁的。"尽管已经把这段话翻来覆去说了一万遍了，她还

1　吉普尼（Jeepney），是菲律宾独有的一种载客卡车。如同伦敦的红色双层巴士、纽约的黄色出租车、曼谷的红色双条车一样，吉普尼也是菲律宾街头的一大特色。

是会大笑起来，维吉尔闹不明白她怎么还能这样不厌其烦。老实说，他第一次听她这么说的时候就不觉得有趣。当维吉尔在脑海里想象自己被一头驯鹿或者一辆吉普尼给压扁的时候，他真是吓坏了，尽管他还不是特别清楚那两样东西到底是什么。

维吉尔倒不是觉得父母不爱自己。他只是不明白他们为什么总是一门心思地想要把他从"壳"里拉出来。再说了，有个壳有什么不好？乌龟在地球上存活了两亿年之久——甚至比蛇或者鳄鱼还要久。而且乌龟的个体寿命也很长。美洲箱龟[1]能活上百岁，而且它们的视力和嗅觉都很出色。乌龟真算得上是杰出的物种。要是两亿年前人们强迫它们从壳里出来会怎么样呢？恐怕它们早就灭绝了吧。

维吉尔靠在发霉的井壁上。井底有一圈低矮的石桩，但高度远远没法让他有信心够到梯子。他犹豫着要不要坐下来。坐下来，是否就意味着放弃？

他琢磨着现在是几点了。

他琢磨着是不是该大喊大叫出来。

大喊大叫似乎是明智之举，但当他张开嘴，便不禁想象自己的呼喊冉冉上升，上升，上升，轰鸣着穿过树林，摇晃着树叶，惊吓着鸟群，最后落入切特·布伦斯那厚墩墩、脏

---

1 美洲箱龟（American box turtles），得名于它们奇特的壳：背甲高，呈圆形，腹甲中间有关节，当它们完全缩入壳中时，整个外观有如一个密封的箱子或盒子。

兮兮的耳朵里。他想象着"公牛"一路猛冲，咕哝着，喘息着，像一头狼一样，嗅出了他的踪迹。接着，他眼前出现了"公牛"搬起井盖，把他永远关在这底下的画面。

维吉尔决定，最好再等一下下，直到"公牛"已经回家了。

问题在于，他不知道"一下下"到底有多长，因为他没有表，手机也摔坏了。于是他决定跟着感觉走。他已经下到井底十分钟了还是四十分钟了？谁知道呢？本来维吉尔就不太擅长和数字打交道，时间概念更不是他的强项，有没有钟都一样。这一点曾经把他父亲搞得很沮丧。曾经在一个下午，他父亲举起双手说："算了，维吉尔，你就搞清楚开始和结束的时间吧，中间就别管了。"

维吉尔闹不清楚此时到底是开始、结束，还是中间，或者别的什么。他只觉得双腿发疼，而日头也似乎不再那么高了。于是他仰起头，喊道："你好！有人吗？"这喊声似乎不够大。会有人听见吗？他得再喊大声点儿。

"你好！有人吗？"

格列佛的胡须不动了。它从背包里拿那双圆溜溜、乌漆漆的眼珠子盯着维吉尔——维吉尔把背包背在胸前，这样他就能一边靠着井壁，一边看到格列佛了。

"你好！有人吗？有人吗？有人吗？"

维吉尔还从来没有大喊大叫过救命。这听起来有些奇怪。不过要说他该什么时候出手求救，那就是现在了。他用尽全身力气——气沉丹田——然后深吸了一口气，含在胸腔里像一只鼓胀的气球。

接着他用平生最大的力气喊了出来："救命！救命！"

他被自己的声音吓了一跳。那声音听起来一点儿也不像他。它穿过了他的身体，一直穿透了他的脚趾。谁能想到他还能发出这么响亮的声音？

他父母真该来听听。

21
瓦伦西娅

松鼠真是些忙碌的小东西。它们可能算得上是世界上最最忙碌的动物了。因为太忙了，所以它们总是忘事儿。我曾在书上读到过，松鼠大部分时间都花在了藏匿橡子上，可接下来它们就会把储藏地点给忘得一干二净。正因为如此，才会有新的树木长出来。这一片地里一定埋了有不少橡子，说不定有上百万颗呢。要是哪天我的噩梦成真了，我成了地表唯一的人类，失去了电力，也弄不到新鲜蔬菜，那我还能翻一翻这块地，把那些被遗忘的橡子给找出来。这些食物够我再撑上几个月，甚至几年的了。当我重建文明之后，人们会问："您是怎么活下来的呀，瓦伦西娅？"而我则会说："全托了松鼠们遗忘在地里的橡子的福呢。"这样人们就会想，哟，她可真是聪明。

据我观察，松鼠们都在树上筑巢。一开始我以为它们生活在地面上，不过现在我搞清楚了，它们用细枝和叶子在树上搭窝。这些窝乍一看来就像是鸟窝。要是我可以爬上一棵树看得更真切一些就好啦，不过那可不太容易。没准我会打四十英尺高的地方摔下来，折断二十七根骨头什么的。再说了，我可不想太过干涉大自然。

不过呢，要是必要的话，我也的确会干涉干涉。比如，几分钟前我捡了一把橡子，放在离我喜欢的那根倒伏的原木不远处的松树下。我想看看松鼠们会拿这些橡子怎么办，结果你猜怎么着？不一会儿就有一只急急忙忙跑了过来，抓起几颗飞奔而去。这些小东西一定长了"坚果雷达"之类的玩意儿。

☆ 还有什么别的啮齿类
　　动物也爱坚果吗？
☆ 为什么我从来没在林子里
　　见过老鼠呢？

松鼠们是啮齿类动物家族的一员。是不是所有的啮齿类动物都喜欢坚果呢？我还从来没看见过一只叼着橡子的老鼠呢，不过话又说回来，确实在野外很难碰得上老鼠。这又是为何呢？

我在本子里记了下来。

差不多是时候去见香织了。说实话我有点儿紧张。我站了起来，把动物观察日记放进了背包，然后闭上了双眼。

"亲爱的圣雷内，"我说，"我现在准备去见田中香织了。请帮我两个忙。一是请保佑我别出什么岔子。二呢，是请保佑她能够成功地帮我摆脱噩梦，这样我就能过好这个夏天啦。或者至少在这个夏天能睡得安稳。"

我睁开双眼，深吸了一口气，然后朝着林子的另一边走去。我满脑子都在想着事儿，几乎没注意到那口废井——原本我总能留意到它，因为我挺喜欢那口井的。我猜它是殖民时期[1]建造的，不过这也说不准。它至今保存完好，大概全拜它是用石头垒成的所赐——除了它那沉甸甸的井盖。可今天它看起来有点儿不一样了。

井盖被搬开了。

我走到那口井跟前。果然，井口完全露了出来。这是谁干的好事儿呢！这人还留下了一些证据：井沿上整整齐齐地

1　殖民时期，是指16世纪至18世纪。当时西欧各国为获取财富相继入侵北美洲。

排列着一溜小石子。我猜是有人挪开了井盖，好往井底下扔这些石子。虽然这看起来挺无聊的，但我还是试了试。我把那些小石子一个一个地扔进了井里。

井底黑咕隆咚的。

非常非常黑。

这让我想起了那个水晶岩洞，只不过好像总感觉有什么不太对劲。我说不上来到底是什么，不过还是猛地缩回了手。

我是听到了什么吗？还是仅仅是一种幻觉？我朝后退了一小步，生怕有什么东西会跳出来扑向我似的。接着我俯下身，又瞄了一眼。漆黑一片。有时候，当我听不见，我就去感受。我现在感受到什么了吗？

我最好还是把井盖盖回去。我得这样做。不然会有动物掉进去的。要是一只松鼠爬到井里找东西却出不来怎么办？

圣雷内照拂着孩子们，保护着他们。我也照拂和保护着那些松鼠。我可没说自己跟圣雷内一样勇敢——毕竟他可是遭遇了绑架之类的事——我只是想像他一样去默默守护。我知道松鼠们大可以照顾好自己，可是敞开的废井可能会给它们带来麻烦。

对，我得把它盖上。

于是我这么做了。

可是就算井口已经牢牢地盖上了，我还是有一丝不可名状的担心。这种感觉挥之不去——就在我已经离开了林子，走在去香织家的路上时，它依旧如影随形。

22

假装你在别处

黑暗把它的獠牙咬得吱嘎响。而维吉尔呢，正坐在它的喉咙根儿上呢。这里黑得伸手不见五指，连一丝光亮也没有。完全不见天日。

"'公牛'打算置我于死地。"他想。

他压根没想到会是这样，也不愿意相信会是这样——可除了这个解释之外，还有别的可能吗？他的呼救穿过树林，然后落入"公牛"那脏兮兮的耳朵里，简直跟他设想的一模一样。维吉尔在石子掉下来的时候护住了格列佛。接着光亮便消失了。"公牛"想要嘲弄他们一番，然后置他于死地。这是唯一合理的解释了。除了那家伙，谁还会干出这样的事呢？

此刻，他的心脏怦怦跳得飞快。太快了。他寻思着，没准我正心脏病发作呢？心脏病发作起来是这样的吗？十一岁的孩子也会心脏病发作的吧？

维吉尔感到无法呼吸。他的两个肺好似被黑暗给吞没了。他一阵摸索，抓住了背包，背到身前，两只手穿过去，像穿救生衣那样。格列佛叽叽喳喳地叫着，对发生的一切一无所知。又或者它明白眼下的境况，正在跟维吉尔说再见呢。

格列佛不再叽叽喳喳了。一个奇怪的声音在井底响起——那是一声夹杂着喘息和打嗝的哭号。维吉尔发疯似的在黑暗里搜寻着这声音的来处，却发现原来这正是他自己发出的。这下好了，没准儿他不会因为心脏病发作而死，而是因为呼吸困难而死。或者两者都是。维吉尔的气息卡在喉咙里，他这会儿有些上气不接下气。

"冷静，冷静。"他对自己说，只不过因为一口气接不上来，听起来便变成了"了——嗯——儿——应"。不过好歹还是管了点儿用，至少他不再接不上气了。不过他还是紧紧地抓着背包，他告诉自己那是在保护格列佛——然而他心里明白，事实正好相反。

井底是个万籁俱寂的世界。在所有的声音消失之前，维吉尔还从没意识到过世界原来是那样的喧闹。再听不到汽车驶过。再听不到空调嗡嗡。再听不到鸟儿啼鸣。甚至连一片树叶掉落的声音也听不到了。

"完蛋了。"他说着，靠坐在那圈矮石桩上，"没人会知道我在这儿。萨利纳斯家族会繁衍个千秋万代，可这帮人里头没一个会知道我在这儿。"

他们会说："我们家族里曾有个叫维吉尔的男孩，可惜没人知道他后来怎么了。"说完他们还会画个十字。结果呢，他却在这儿变成了一具枯骨，旁边躺着格列佛的小枯骨。他们个子都太小了，看起来像是两个细线团。

维吉尔口干舌燥。他的头突然觉得有些沉甸甸的，好像有人拿了块砖放在他脑门上，还叫他不许让砖块掉下来。他张大嘴想要深深吸气，却无能为力。他的肺里充满了空气，却又一下子都排空了。他的身体就像一束神经，同时被拉扯着、撕裂着。

现在，不只是黑暗和寂静吞噬了他——还有气味。霉味和腐水的气味。这味道闻起来就像是下水道堵塞时厨房水槽发出的那种。

他闭上了双眼。"假装你在别处。"那是当他还很小的时候，每每做了噩梦，妈妈常对他说的一句话。那时候她还不叫他"乌龟小子"。那时候还没人发现他不会像哥哥们一样完美。"假装你在别处。"

他在头脑里勾勒起自己的卧室，格列佛正把水瓶弄得咯咯作响。他想象着香织的房间，铺着圆形的毯子，弥漫着一股像是焚烧花朵的味道。他想象着洛拉坐在桌边，读着她的报纸，摇着脑袋。

要是维吉尔的耳朵也能像眼睛一样闭上的话，这些想象大概就能起到作用了。可惜他的耳朵敏锐而警觉，它们从黑暗中捕捉到了一个远远的声音。

别去管它，维吉尔想，那可能是格列佛发出来的声音。

只不过他对格列佛发出的声音完全心知肚明，而这声音显然不是。格列佛的声音是无害而单纯的——饿了它就尖声地吱吱叫，高兴了它就喊喊喳喳。豚鼠就是这样。它们不会为任何事而恼怒。豚鼠们可犯不着生气。

可这种声音听着却像是被惹到了的样子。

"假装你在别处。"

"假装你在别处。"

他重新想象起自己的卧室，可是它在脑海里只是昙花一现。香织的圆形地毯也渐渐消失了。就连洛拉和她的桌子也消失不见了。

那声音——到底是什么？

翅膀。那声音是翅膀。翅膀展开的声音。翅膀收起的声音。

或许是一群蝙蝠，正准备俯冲下来，带着它们匕首一样的利嘴。

那声音变得更大了。

维吉尔吓得不敢睁眼。他的脚像被水泥粘住了似的动弹不得，他的双腿像是橡皮筋，他嘴唇紧闭，以至于只能用鼻子呼气——不过这可算不上什么呼气，更像是气喘吁吁。

他鼻孔里喷出来的急促的气息在井底弥漫开来，与此同时那种沙沙声也越来越大了。他猛然意识到，那绝不可能是蝙蝠。

　　那是一种羽翼更丰满的生物。

　　它有羽毛。

　　对，羽毛。

　　它展开的双翼能够遮蔽整座村庄。

　　是帕来了。

23
时间问题

对田中香织而言，没有什么能比"游牧民"更能形容她的了。尽管她跟游牧民的血统毫不沾边。就她对自己双亲的了解来说，这种气质一定不可能来自他们。不过有一点她的确是从父母那里继承过来的——尤其是从她妈妈那儿——那就是对时间的敏锐感觉。她肩负起姐姐的职责之后做的第一件事，就是教小吉认识时间。只可惜小吉似乎在这方面毫无天赋。

"这是几点？"几年前的一个下午，香织曾经这样问道。那会儿小吉刚刚开始学习认识时间。香织在一张纸上画了一个表盘，谁都能一眼看出来那是三点半——最最灵异的时间点——可小吉却只是盯着表盘发呆。她伸开腿坐在地上，抓弄着脚趾头，答不出个所以然。小吉老是这副吊儿郎当的样子。"我怎么知道？"她说，"知不知道又有什么关系？只要瞅一眼妈妈的手机或者打开微波炉，就能看到几点了。它们会用数字直接显示出来。"

"表盘上也有数字。"香织说，"它只是不会直接显示几点钟罢了。"

接着她叹了口气说："要知道，生活并不总是直接揭示答案。"

那是第一次也是最后一次，香织尝试着教小吉认识时间。不过她永远也不会停止跟小吉念叨生命中最重要的一课：守时。

香织最欣赏维吉尔的一点，就是他的守时。如果他说他会在八点十三分四十秒抵达某地，那他准会在那一刻出现。有时会稍微早那么一点点，但绝对不会迟到。一分钟也不会。

所以不用看表她也知道，一定是出了什么事。再看看时间，维吉尔已经迟到十五分钟了。"他不是那种不声不响放人鸽子的人。他连条'对不起，我来不了了'的短信都没发。"香织对小吉说。

两人正肩并着肩站在客厅的窗户前，透过百叶窗朝外望着，期待着维吉尔那瘦削的小身板出现在外面的行道上。

"他连短信也没发一条，这太不对劲了，尤其是他很清楚我的时间有多宝贵。等一会儿我还要接待那位新客户呢。"

"没准他忘了呗。"小吉说。

"不太可能。"香织回答。

"没准他妈妈或者爸爸派他干别的什么事，他没法和我们说一声。"

这倒还有点儿可能。父母们总是能有办法瞎搅和。不过嘛——

"还是不对劲。"香织说，"他总该发条短信吧。"她打开了前门，朝屋外迈了一步。她抱着胳膊，一双黑溜溜的眼睛扫视着街道。这表明她非常关心维吉尔。香织还从来没有因为哪个客户而走出家门过呢。她总是要求客户自己上门并报上约定的"密码"。要是你拥有与众不同的预知能力，那你可得留心保护好自己。想想塞勒姆女巫[1]的下场吧。

小吉站在香织身后，也有样学样地抱着胳膊。要是她们的父母在家，一定少不了唠叨两句，让她们关好房门，别让冷气跑出去了，那可都是白花花的钞票啊。不过谢天谢地，田中先生和太太周六都在加班。

"我有不好的预感。"香织说。她仰起头，向天空寻求提示。然而却只看到晴空如洗、万里无云。换了别人，一定会说这真是个好天气；但对香织来说，暴风雨反而更有魅力。

小吉突然有了主意："要不要试试你的通灵水晶？"

是啊，没错。通灵水晶。香织怎么就没想到呢？不过那些水晶是为了特殊情况预备的，她拿不准一个迟到二十分钟的

---

1 塞勒姆女巫（Salem witches），指的是1692年美国塞勒姆女巫审判案中的冤死者。该案件引发的"猎巫行动"，致使20人冤死。

117

客户算不算得上是"特殊情况"。

"我们给他发一条短信，看看再说。"香织说。

她们走回屋内，去了香织的房间。香织把手机放在自己房间的门外，为了来世着想，她不太喜欢在卧室里使用手机。她跟那些神神鬼鬼们解释过手机啦网络啦是什么玩意儿，这样他们兴许也能联上网了。谁知道呢。

维吉尔没有回短信。香织又打了个电话给他，可这通电话直接被转接进了语音信箱。香织挂断电话，靠在走廊的墙壁上，咬着下嘴唇。

十一点三十分，她的心底泛起一股隐隐的担忧。

十一点三十五分，她确信一定是出了什么大事。

十一点四十分，她说服自己维吉尔·萨利纳斯一定遭遇了什么不测，是时候请出通灵水晶了。

她把这些水晶小心地藏在一个天鹅绒袋子里，袋子藏在一个上了锁的小箱子里，而小箱子呢，则藏在她床下的一堆咒语书后面。小吉是除了香织之外，唯一知道水晶藏在哪里的人。这对姐妹俩来说，都是个天大的秘密。小吉不得不以她的过去、现在和将来起誓，只要她活着，就不能泄露这些水晶藏匿的位置。

小吉曾经问过香织，这些水晶是打哪儿来的。香织把手指放在嘴唇上说："秘密的守护者可不会问东问西。"

其实，这是香织从一个二手市场上买来的。田中太太非常热衷于逛那种开办在人们后院里的二手市场。"简直太好了！"她很欢迎香织与自己同行，因为她管这叫作"母女时光"。但其实香织只是想去看看邻居们为了五分钱硬币，到底会出卖怎样的奇珍异宝。她就是这样搞到这些水晶的。

卖给她水晶的那位太太说，这些水晶可以用来填塞花瓶。"就当是一种装饰。"她说。不过香织有更好的主意。宇宙的秘密就埋藏在这样一些不同寻常的美妙事物当中，只有一些精挑细选出来的事物才能显示出那些秘密的原貌。所以她花了十美分买下了这些水晶。

香织锁上了卧室的房门，小吉则匍匐到床下去取箱子。她一拿到箱子，就立刻轻手轻脚地把它放在了圆毯上。香织打开箱子，拿出袋子，倒出了水晶。两人一起朝前探过身，仔细打量着。

"你看到了什么？"小吉小心翼翼地问。

香织没有去碰那些水晶，而是端详着它们。它们有着不同的色泽，有红色的、蓝色的、透明的，还有粉红的。她特别留意了一下一颗通体透明的水晶。

"维吉尔并没有忘记约定。"她说，"他只是被困住了。"

"捆住了？那是怎么回事？"

"不是捆住了。是困住了。被人阻止了。"

小吉不禁吸了口气："你是说有人拿枪指着他的头？"

"也没有啦。不是那样的。没人拿枪指着他的头。只不过……他被什么事打了个岔。"香织坐直了背，非常肯定地补充道，"有什么事情发生了，阻止了他上这儿来。"

"可我们早就知道了呀。他根本就没上这儿来嘛。"

香织没有理会她。小吉虽说是个得力的帮手，但免不了有些没眼色。

"肯定发生了什么事。"香织说，"我很确定这一点。"

24

瓦伦西娅

　　我还从来没有拜访过灵媒的家呢。不过我还是隐隐约约有些期待能看到点儿特别的东西，比如一块大大的金字招牌，上面写着"看相算命"或者"问路求财"。结果呢，我却循着地址找到了一栋非常普通的房子。这下我可说不好了，这到底算是个好预兆，还是个坏预兆？这个"香织"到底是个正常人，还是个疯子？

　　只有一个方法可以找到答案。

　　我走上前去，摁下了门铃。我能感觉到它在我的指尖微微震颤，这说明门铃是好的。你都不晓得有多少人家里的门铃只不过是个空摆设。我注视着面前的门，心脏怦怦直跳。不过并没有等多久门就开了，一个小女孩站在那儿，看起来约莫也就一年级吧，肩膀上绕着一根粉红色的跳绳。她比我想象的年纪小多了，不过至少应该不会是个连环杀手。也难怪我没法在网上搜索到她的任何信息，她大概还没到能用电脑的岁数呢。

"密码？"她问。

"金星从西方升起。"

这小姑娘瞅了一眼我的助听器："那是什么？"

"助听器。"我说。

我等着看她会有什么反应。

得知我有听力障碍时，人们往往会吓一跳。他们不知道怎么开口和我交谈，也不知道眼睛看哪儿好。他们左顾右盼，就好像在寻找着一扇隐形的传送门，好把他们传送到别的什么地方去似的。

不过这个小女孩却只说了一声"哦"，然后把屋门大大地打开了。

这座屋子看起来舒适而整洁，还散发着一股熏香的味道。大厅尽头的一个房间里飘出了一缕缭绕的白烟。小女孩一路领着我走向这个房间。

亲爱的圣雷内，如果在那个云遮雾绕的房间里藏着一个变态杀手，请一定保佑我。阿门。

结果那屋子里并没有什么变态杀手，而是另一个和我年纪相仿的女孩。我立刻就猜到她才是香织。她正双手叉着腰，站在一张巨大的星座图跟前。我一走进房间，她就转过身来。

这个女孩脸上写满了心烦意乱。她的两道眉毛皱作一团，显得十分焦虑。还记得我说过的，你可以从眼睛里看出关于一个人的很多东西吗？嗯，眉毛有时候更能说明问题。

她问我："你就是雷妮？"

一开始我没反应过来，不过接着我就记起来了，我之前报给了她一个假名字以防万一。

"是。"

之前那个小女孩走到香织身边，这下姐妹俩都面朝着我了。

"她戴着助听器。"小女孩说。

我跟她俩解释了一番"约法三章"，本以为她们会变得紧张不安，结果没想到她们谁都没有大惊小怪。香织似乎脑子里在想着别的事。

"我是香织。"她说，"很抱歉我现在脑子有点儿乱。我有一个客户本来该两小时之前来这儿的，所以我有些担心。你有没有见过他？"

"他长什么样？"

"他个子小小的，有点儿瘦丁丁的，棕色皮肤，深色头发。"香织回答。她面朝着我，慢慢地说着，正如我在"约法三章"里请求的那样。"他看起来唯唯诺诺的，背着个紫色背包。年纪嘛，是十一岁。"

"他叫维吉尔。"小女孩补充道，"我叫小吉。"

今天上午我没见过这样的男孩子。不过听这描述，怎么有些耳熟呢。

棕色皮肤。深色头发。紫色背包。唯唯诺诺。

我好像知道这么一个人。

"维吉尔"这个名字我有些对不上号，不过那是因为我很难记住别人的名字。但我很擅长记住外貌。

我在来香织家的路上一个人也没见着，这一点倒是确定无疑的。

"我没见过他。"我说。

她皱了皱眉。

"好吧，我想他会自己冒出来的。"过了一会儿，她挤出一个笑脸问道，"现在来说说你的梦吧。是些好梦还是些噩梦呢？"

"如果是些好梦，我就不用上这儿来了。"我说。

"那倒是。"香织说。她示意我坐到一块圆毯子边上。我照做了。

她坐到了我的对面，小吉也坐在了她身旁。

"现在，"她说，"我们开始吧。"

我不禁察觉到她脸上的担忧并没有消失。

至少没有完全消失。

25
看不到自己命运的女孩

维吉尔捂住了耳朵。他的手掌把两只耳朵按得生疼。他的心跳从胸腔里一直蹦跶到了脑仁，然而那沙沙声还在，而且更大声了。羽毛抖动的声音盖过了一切——盖过了他心跳的怦怦声，还有鼻孔里喷出的呼呼声——但他绝不睁开眼睛。他也睁不开眼睛，因为眼皮像是粘在了一起似的。他的眼球痛了起来，腮帮子也是，他整张脸都皱在了一块儿。

不，他不能睁眼。他做不到。

翅膀又扇动了起来。那东西靠近了吗？好像是的。那是一根羽毛擦过他的脸颊吗？是吗？

他吓得一动也不敢动，就跟被老师点到名时一样。"你能告诉我们答案吗，维吉尔？"就算没有举手，老师们也会这样直勾勾地盯着他问。他摇了摇头。不要，不要，不要。

"这题该怎么解，谁知道？维吉尔？"

有一次，在穆瑞小姐的课上，他低声嘀咕出了自己内心的真实想法："可我又没有举手啊。"

"就算你没有举手，生活也会偶尔点到你的名。"穆瑞小姐说。

翼展似乎变得更大了。它越展越开，尖端都刮到了对面的井壁，挤满了维吉尔和格列佛无法占据的全部空间。

帕。

它的利爪会何时落到他身上呢？

"睁开眼。"一个声音响起，"这才是解决之道。"

那声音并不是来自维吉尔，而是来自井里。那声音穿过了他的双手、心脏、起起落落的呼吸。那声音似乎是有形的，仿佛就在身边。那是一个女孩子的声音，对维吉尔来说十分陌生。

维吉尔口干舌燥，他嚅动着嘴问："你是谁？"不过他根本不确定自己真的发出了声，直到那女孩回答他：

"我。"

这声音飘荡在井里，仿佛是一杯热巧克力上冒出来的袅袅蒸气。

维吉尔使出了吃奶的劲儿把背抵在井壁上。

"我不想睁眼。"他说。这一次他很确定自己真的大声说了出来。

"你越害怕，帕就越大。"那女孩说，"况且，他也没有你想象的那么可怕。很多东西都并不可怕。"

她的声音是如此平静，维吉尔都快要相信她了。尽管她只是个女孩子，却让维吉尔想起了洛拉。不过她到底是打哪儿冒出来的呢？维吉尔毫无头绪，尤其是此时此刻——不过他很清楚自己在爬到井底时，并没有看到什么女孩啊。

"我可不信神神鬼鬼的。"他说。当然了，这根本就不是事实。

"我也不信。"那女孩回答。

他意识到自己的呼吸慢慢平静了下来，似乎也听不到帕的声响了。不过他还是不愿意睁眼。要是帕正张着血盆大口目不转睛地盯着他怎么办？

"帕不会的。"那女孩说，"相信我。"

她怎么知道维吉尔心里想的什么呢？

"我不用听也知道。"她回答。

维吉尔的脸也慢慢不再挤成一团。他的两只手已经把耳朵捂得汗津津的了，不过他还不敢把手拿开。终于，他鼓起勇气，一点一点睁开了双眼。

黑暗。无尽的黑暗。

不过好在并没有什么尖喙、羽毛、利爪。并没有帕。

井里还是老样子。

他的心跳渐渐平缓——这颗心虽然随时做好了怦怦直跳的准备，但至少不再充满绝望，简直要穿过胸腔跳将出来了。

"我说的没错吧？"那女孩问。

维吉尔一点一点松开了双手，放在身侧。他的双眼在黑暗中四处打量。

"你在哪儿？"他轻声问。

"我无处不在。你还不明白吗？"

嗯，他当然明白。他的声音也无处不在，就像是这口井自己发出来的一样。

"井不会说话啊。"维吉尔说。

他把手掌放在一块石头上，静静地感受。

这口井就像是在呼吸一样。

"我知道你很害怕，巴亚尼。其实你不用害怕。"

"你怎么知道的？"

"我听见的。"

"我不叫巴亚尼。"

"对我来说你就是。"那女孩说。

"你到底是谁？"

"鲁比·桑·萨尔瓦多。"

这名字听起来有点儿耳熟。

"我就是那个看不到自己命运的女孩。"她解释道，"想起来了吗？"

嗯，他想起来了。洛拉讲过这个故事。

"你在这儿做什么呢？"维吉尔小声问。

现在，帕已经完全消失了。

"完成我的使命。"鲁比回答。

"你的使命就是住在一口井里？"

"不。我的使命是帮助那些遇到麻烦的人。"

维吉尔抓紧了自己的背包。

"你能挪开井盖，还有帮我爬上梯子吗？"

"当然不能。你得自己做这些。"

"哦。"维吉尔回答。

寂静充满了这口深井。格列佛吱地叫了一声。

"那我完蛋了。"维吉尔轻声道。

"哦，巴亚尼，"鲁比说，"永远不要放弃希望。"

26
梦的解析

香织的确对梦很有研究。好吧，至少是在网上看过不少此类研究。她相信潜意识有着一种强大的力量。非常非常强大。大脑有时候需要靠着梦境来摆脱让人害怕或者焦虑的东西。对香织来说，解决办法再明确不过了：战胜你的恐惧，就能赶跑噩梦。

听完"雷妮"有关噩梦的具体描述之后，香织便找到了问题的症结所在。完全一目了然。

她面朝着"雷妮"说："你在害怕一些穿蓝色裙子的女孩。"

"雷妮"不置可否地歪着脑袋，接着又摇了摇头。她们三人正坐在那张十二星座的圆毯上，如同往常一样——香织和小吉坐在一侧，客户坐在另一侧。

"我觉得不是那样的。"小吉插嘴道。

香织转向她妹妹："拜托，你又不是这儿的专家。再说了，你怎么知道我的解析不是对的？"

小吉耸耸肩："就是听起来太……我也不知道啦……就是太简单了一点儿。"

"简单的答案往往就是真相。"香织说。她转头去看"雷妮"，后者似乎并没有被说服。

"不过呢，我也会留意将来发生的事，谨防万一我预测有误。"香织又特地给自己留了点余地。

她闭上眼，想象出"雷妮"独自一人站在地里的样子。

"你很害怕。"香织说，"你很害怕被孤立。"

香织睁开眼，看到"雷妮"的脸皱成一团，表情就跟吃了什么酸得要死的东西一样。

"我可不怕。"她这么说的时候，就像是有多嫌弃这个词儿似的，"我喜欢独处。独处多自在啊。"

香织和小吉交换了一个眼色。以前还从来没有哪个客户这样当面反驳过她呢。不过话又说回来，除了"雷妮"，她唯一的客户就只剩下维吉尔。

"好吧。"香织试探着开口，这一次她说得很小心，不时地停一停，确保"雷妮"听到了她话里的那些重要的信息，"也许是我错了。不过在我看来，你很孤独，或者说你很害怕孤独的感觉。那就是为什么当你环顾四周，发现人们都不见了的时候，你会感到害怕。因为这就好比你住在一个大泡泡里头，人们看见你的时候都当你是空气。然后有一天……

你就真的隐形了。那确实是够吓人的。"

小吉忙不迭地点了一通头。

"雷妮"的脸上露出一丝不屑和不悦的神色。

"我喜欢独处。"她抱起了胳膊，寸步不让地说。

"好吧。"香织说。

"独处挺好的，没那么多麻烦事儿。"

"也许我分析错了。这大概都是因为我还在担心着维吉尔，没法集中精神。"

小吉又点了点头。

"这倒是。"小吉说，"她在你来这儿之前一直盯着那些线，都看了大半天了。"说完她指了指墙上的星图。

"雷妮"瞅了一眼那张图，目光落回到姐妹俩身上。香织想要解释说那可不仅仅是线条那么简单，不过她又觉得多说无益，正如她父亲常说的那样。

"对了，""雷妮"放下了抱在胸前的胳膊，"如果你需要的话，我可以帮你找他。"

香织好奇地打量起这位新客户。"雷妮"有固执的一面，但也是个热心肠。

有意思。香织想知道她是什么星座的。狮子座？还是白羊座？

"那个，你是什么星座？"香织问。

不过"雷妮"正忙着站起身来，所以她完全没有注意到香织正在和自己说话。

27
瓦伦西娅

好吧，也许独处并不总是最好的。能像从前那样作为一个小团体的一员也蛮不错。我是说，午餐的时候有固定的伙伴，总好过东游西荡地找座位。再说了，除了喂喂史克瑞德、观察松鼠和鸟窝，暑假里能有点儿别的事干也挺好的。不过，这些可都跟"害怕孤独"之类的沾不上边啊。

香织建议我们在制订搜救计划之前先吃点儿东西，所以我们仨去了厨房。我还没想到自己真的挺饿了，原来早已经过了午饭时间。

香织拿了些面包和冷盘出来。我做了一个火腿三明治，除了芥末什么也没有加。小吉往一根意大利大红肠上淋了满满五磅的蛋黄酱。香织则加了火腿、生菜和番茄，还去掉了面包皮。

我们在田中家的厨房里狼吞虎咽地吃了起来——厨房宽敞整洁，散发着一股子土豆的味道，好看的餐台上摆放着几支细长的蜡烛——这时香织说，我们应该从最有可能的地方入手。

"唯一最有可能的地方就是他家。"她嘴里塞得满满当当地说，"我们得去那儿一趟，看看他是不是在家。"

"听起来很简单。"我说。出于客气，我只拿了两片薄薄的火腿夹在三明治里，可我现在真希望自己多拿了一片。我把芥末和面包也吃得快差不多了。这就是"饥不择食"吧。

"没你想的那么容易。"香织顿了顿说，"得由你出面去敲门找他。"

我一愣："我？为什么得我去？我都不认识他。"

香织喝了一大口水，一边回答一边拿袖子擦了擦嘴，所以我错过了前半句，只听到个结尾："……他就会有麻烦了。"

然后我弄清楚了，如果维吉尔的父母认为他是上香织家来了，而香织又找上门去的话，他就会有麻烦了。尤其万一他是偷偷去干父母不让干的什么事了的话。

"他住哪儿？"我问。

香织随手指了指："他住在林子那头的一座大房子里。他在博伊德中学念书。"

"我也在那儿念书。"我说，"我马上就要念七年级了。"

"维吉尔也是！"小吉惊叫了一声，下嘴唇上还挂着一溜蛋黄酱。

“你真不认识他吗？”香织问。

“我不知道。”我说，“我不太擅长记名字。”

我指了指自己的助听器说：“记长相还行。”

我有点儿搞不清楚小吉接下来说了什么，因为她满嘴都是食物。不过我还是听到了一些关于维吉尔的外貌的只言片语。

棕色。

瘦弱。

悲伤。

不知道小吉会怎么向其他人形容我的外貌呢？

我可不想被冠以“悲伤”这个词。不过也许这个词真挺适合我的。

好在我这会儿可一点儿也不悲伤。

此时此刻，我只是一个吃着三明治，等着看接下来会发生什么的女孩。

28
巴厘岛[1]

维吉尔又尝试了一次把运动鞋的鞋尖插进井壁上的两块大石头之间。但是缝隙太窄了，他没法站稳，更没法爬上去够到梯子。他还试着踩在突出的石块上，可它们不够高。他也矮了点儿。他跳起来，巴望着能突然长高个十英寸，然而他的手指尖却连梯子的最后一级也碰不到。说实话，他甚至都摸不清梯子到底在哪儿。这里太黑了。

他筋疲力尽地往地上一坐，给格列佛喂了一株蒲公英。

"真想知道还要过多久人们才会想起来找我。"维吉尔说。他想到了那个"石头男孩"。

1　巴厘岛（Bali），隶属印度尼西亚，位于爪哇岛东部，是举世闻名的旅游岛。

"你怎么知道没人已经开始在找你了呢？"鲁比说。

"但愿他们能在帕回来之前找到我。"

"别担心帕了，它不在这儿。你为什么不好好休息一下呢？这个才更重要吧。"

"我没法休息，这里安静得要命。"维吉尔说。

"有时候，安静是有好处的。"鲁比回答说，"安静的时候人的听力最敏锐。"

"听什么？"

"听你的所思所想，巴亚尼。"

"你说得没错。可是我不想有任何念头，因为接下来我就会忍不住去想我是怎么给困在这个暗无天日的井底的。"

鲁比叹了口气："这就是问题所在。人们不想听从自己的所思所想，于是就让噪声充斥世界。"

"要是在别的地方，我倒不会介意安静。"

"什么样的地方？"

维吉尔把背包拉近了一点儿："巴厘岛。"

"巴厘岛在哪儿？"

"我不知道。"维吉尔回答，"那是个人人都想去的地方。"他父母经常说起这个地方。他们甚至还有巴厘岛的宣传手册。

"怎么？巴厘岛是什么样的？"

"我猜那是个神奇的地方。不然为什么这么多人都想上那儿去？"

在维吉尔的想象中，巴厘岛明亮的紫色天空上飘着一团团厚重的蓝色云朵。只要开始下雨，那些云朵就会裂开，大滴大滴的"笑气"就会落在人们身上。在巴厘岛，没人能停止大笑。人们用黄金酒杯畅饮，欢声笑语个不停。他们才不关心别人是不是躲在壳里。太阳永远当空，所以整座岛屿都沐浴在阳光之中。阳光照耀到的一切都属于太阳神，而太阳神是绝不允许邪魔踏上巴厘岛的领地的。为了以防万一，每一个上岛的入口都有士兵把守，那些邪魔一步也不敢靠近。太阳神唯一的宿敌就是统领着黑暗的一百个国王。不过那些国王早已被放逐到了地心，要沉睡上五千年才能苏醒。

人人都知道，统领着黑暗的一百个国王不可能一直沉睡。没准哪天就到了他们醒来的日子。所以太阳神指派了一名特别的勇士去对抗他们。这名勇士花费了数年时间苦练，这样当那些国王醒来，睁开他们的两百只眼睛的时候，勇士就早已经做好了准备。

"就是你啊，巴亚尼！"鲁比说，"太阳神的勇士就是你。"

"我不是勇士。"维吉尔说着，把头靠在了井壁上，他已经没那么在意发霉的气味了。"也许我的两个哥哥是，但我不是。"

"开玩笑吧！"

"我可没开玩笑。我的两个哥哥非常强壮。"

"那又怎样呢？"

"好吧，我只是说说而已。他们可不像我这么骨瘦如柴、这么软弱。"

"软弱与否和体重并没有关系。"鲁比顿了顿说，"要我说，也许他们是做运动和扛东西的好手，但那并不意味着他们很强壮。要想变得强壮，有许许多多办法。而成为一名勇士，跟身材大小没有半点儿关系。不少身材瘦小的人不也成了勇士？"

维吉尔想到了豹里托和丛林巨龙的故事。这是洛拉最喜欢的故事之一，那时候她还没有不厌其烦地讲述吃小孩的鳄鱼和石头。豹里托的故事有个美满得多的结局。

"跟我讲讲他的故事。"鲁比说。

"你怎么知道我在想什么？"

"我在听呀。"

"可我什么也没有说啊。"

"那有什么区别？"鲁比说，"跟我讲讲那个故事嘛。我喜欢听故事。"

维吉尔并不觉得自己是讲故事的料，不过他还是努力在脑海里拼凑起了这个关于豹里托的故事，尽量开个好头。

"豹里托只有一英寸高，但他却想当一个国王。这倒不是因为他贪婪什么的，而是因为他村子里的人总是因为一些鸡毛蒜皮的事而吵闹个不停。"

维吉尔记得很清楚，洛拉特地用了"鸡毛蒜皮"这个词，因为他当时不得不问她这个词是什么意思。

"就是眼看房子着火了，可你还惦记着在逃跑之前把枕头给摆好。"洛拉这样解释。

"人人都嘲笑他。他们说一个一英寸高的人永远都不可能治理好一个村庄。他们说得太激动了，结果又开始吵得不可开交。"

格列佛吱吱叫了起来，于是维吉尔给了它一株蒲公英。他每次只给它一株蒲公英。格列佛可得省着吃。维吉尔不知道自己是不是也得靠着这些蒲公英过活。如果真是这样呢？他会死于蒲公英中毒吗？还有缺水的问题怎么办？没有水他能活多久？

维吉尔把手放在喉咙上，突然觉得口渴难耐。

"接着发生了什么，巴亚尼？"鲁比催促道，"我希望故事还没结束。"

"哦，对不起。"维吉尔垂下手，挠了挠格列佛的耳后，"我不是很会讲故事，不像洛拉。"

一想到洛拉，维吉尔就难过得要死，好像身体里装满了泪水，就快要溢出来。洛拉正在做什么呢？叠衣服？熨衬衫？拔花园里的杂草？为了他妈妈买太多香蕉而大惊小怪？不管洛拉正在做什么，她一定想不到自己讲过的故事会成真：一口井吞了她的孙子。

"试试看嘛。"鲁比说。

维吉尔咽了一口唾沫。

"趁着村民们争论不休的当儿，豹里托却忙着从沙滩上搬沙粒。他一次只能担普通人一只手抓的那么多沙。村里人吵吵嚷嚷，全然没有注意到他在忙活什么。后来，一些大船来了，想要入侵这座岛。不过他们没有得逞，因为豹里托早已建好了一座堡垒。就靠着一把一把的沙子。"

鲁比等待着："然后呢？"

"然后豹里托被拥戴为那座岛屿上的国王。他是有史以来最好的国王。"

那无数被抑制住的泪水此时悄悄地涌了上来。

他想他的洛拉了。

"我不是勇士，也不是豹里托。"他说，"豹里托不会躲着'公牛'。豹里托很勇敢，他不会害怕。"

"如果一个人不害怕，那就谈不上勇敢。"

"没错。可是我总是无所作为。我从不反抗。"

"反抗的方式有很多。也许你只是还没准备好。下次你就能准备好了。"

"我不想要下次。"

"我亲爱的巴亚尼，"鲁比说，"总会有下次的。"

维吉尔现在想起来了，巴亚尼是英雄的意思。他坐在深深的、黑黑的井底，在万籁俱寂中突然记起了一些事情。其中一件事是有一天，他的父母和数学老师告诉他说，以后每周四他都得去资料室补习乘法表。

维吉尔的思绪回到了那一天，他坐立难安地坐在林顿先生对面的一张椅子里，父母则一左一右坐在他的两旁。略过那些让他得到"特别关照"的字眼，他听到了"乘法表"这个词，然后开始想象一张没休没止的表格出现在眼前——就像在宜家商场结账时见过的那种——不停地从打印机里吐出来，堆积在一起，越来越高，越来越高……接着他想象起自己站在最底下的那一页旁，头朝后仰着，想要看清这堆表格山峰的山顶。可是他做不到，因为他需要"特别关照"。

林顿先生向维吉尔和他的父母解释说去资料室补习意味着维吉尔可以得到更多的一对一指导。林顿先生还立刻强调说这并不表示他有任何毛病。

那时维吉尔曾想，这不是真话。他确实有问题——他没法掌握乘法表。有人能掌握乘法表，也有人不能掌握乘法表。要是他能掌握乘法表的话，就不会坐在那儿了。

不过他并没有说出来。

反正呢，维吉尔并不介意去资料室补习。他和林顿先生之间也没什么矛盾。如果他需要额外的一对一指导的话，那也没什么不好。反正他很肯定谁也不会留意到他不见了。

结果，这一天成了对维吉尔来说那个学年里最棒的一天。因为他就是在那儿第一次见到瓦伦西娅的。

她当时穿了一身紫色的上衣，扎着两根漂亮的辫子。她牛仔裤的裤脚上沾满了泥土，胳膊底下夹着一个日记本——维吉尔迫不及待地想看一眼。他常常会想：要是瓦伦西娅不小心把日记本忘在了桌上，要不要溜过去偷偷看一眼呢？还是做个正人君子，守护着它，不让其他人偷看？维吉尔觉得自己会选择后者。不过他真的太渴望知道她在写些什么、画些什么了。这让维吉尔想要拥有一本属于自己的日记本。也许他也有一些话要写下来，只是他还没想好而已。

"真希望我现在有个日记本。"他对着黑暗说，"这样我就可以给家人们写一封告别信了。就算他们可能永远也读不到它。"

"说到写信，你并不一定要有纸才能写呀。"鲁比说，"你可以在脑子里写信。"

"什么意思？"

"闭上你的眼睛和嘴巴，把你的念头发射向宇宙。"

"可是我的家人怎么样才能接收到这个念头呢？"

"他们会感觉到的。就算他们搞不清楚怎么回事。"鲁比说，"难道你就没有心有灵犀的时候？"

没错。有时候在学校里，他能感觉到"公牛"在身边出没，哪怕他并没有看见"公牛"。

他也能感觉到瓦伦西娅。

"那就是宇宙给你送来的信啊。"鲁比说。

维吉尔想到了洛拉，她似乎总是能猜到他的心思。没准——有可能——她能够感知到他正遭遇麻烦。

"我猜洛拉总是收到很多信。"他说。

"谁不是呢。"鲁比答道，"只是我们中的一些人更善于打开它们。"

29
瓦伦西娅

四十八小时前，我还只不过是个徜徉在大自然里的普通女孩。可眼下，我却跟着一位灵媒走在去别人家的路上。我并不认识那个男孩，但我得查出他到底有没有失踪。生活真是让人意想不到，对吧？

香织说得没错，维吉尔住在一个很不错的社区。这儿的房子是我们那条街上的两倍大。当我跟香织这么说起时，她却只是说："对呀，对呀，他老爸是个医生。"说完她就摆了摆手，好像这是眼下最不值一提的事一样。也许她是对的，我也只是有一说一罢了。

说实话，我被这些大房子吓到了，有些紧张。

倒不是因为害羞或者别的，而是我真的不太想去敲陌生人家的房门。可香织又解释了一通，要是维吉尔的父母或者洛拉以为他是去找她了，可实际上他却是跑去干别的事了——别的什么不该干的事儿——那他就会有大麻烦。

"他不太可能干别的事去了。"在走去维吉尔住的社区的路上时，香织就说过，"他可不是那种会跑去干不该干的事的人。他也不是那种会放别人鸽子的人。可是谁又说得清呢？人啊，永远是个谜。"

现在我们已经走到离维吉尔家只差一个街区的地方了。香织叫住了我，她和小吉严肃地注视着我，好像我是一个身负秘密任务的间谍。

"接下来你这么做。"香织说，"敲一敲他家的门，问维吉尔在不在家。"

"多谢指教。"我说。

小吉捂着嘴咯咯咯笑了起来，香织瞪了她一眼。

"严肃点儿。"香织说，"他们家老太太第六感很强。我觉得她是我们这一类人。"她把手放在了胸前，表示"我们"指的是像她这样的灵媒。

"如果他不在家，就说声谢谢，然后说你等会儿再去。这样咱们好回头再合计合计对策。"

"要是他在家呢？"那样会很尴尬吧。如果换作是个女孩的家，我可能没这么紧张。然而这可是一个住在宽敞豪华街区的男孩的家，我紧张得胃里一阵翻腾，差点儿吐了出来。通常来讲，我连话都懒得和男生们说。而且我也绝不会上他们的家去。

"那就叫他出来和我们碰头。"香织一边说着,一边看向我身后,"我们就在这儿等着。"

小吉拍了拍我的胳膊,对我咧嘴一笑:"你不用担心他会抓狂什么的。维吉尔人很好,而且就像我之前说过的,他很害羞。他甚至还养了一只宠物老鼠呢!"

她拽着跳绳的两头,把它抖松。跳绳垂到了炽热的水泥路面上,在她运动鞋的鞋尖处轻轻晃悠着。

"真的吗?"我问。这真是个有趣的信息。大多数人都讨厌老鼠,但其实老鼠是很不错的宠物。它们真的很聪明,充满了好奇心,无时无刻不在寻求着乐子和刺激。能拥有一只老鼠作宠物真是再好也没有了。不过我从来不会跟老爸老妈提这样的要求。我都能想象到他们脸上会是什么表情。

香织拍了拍我的肩,把小吉挤到了一边,好让我看着她(香织对"约法三章"掌握得还真不赖)。

"那不是老鼠。"香织说,"那是一只豚鼠。"

"哇,我喜欢豚鼠!"我说,"我很小很小的时候曾经养过一只。不过它死了。它名叫莉莉菩提。"

我差点儿都要忘记莉莉菩提了。它长了一身长毛,颜色各不相同:浅棕色,深棕色,黑色,混合色。我当时太小了,根本不记得它是打哪儿弄来的。但我记得喂干草给它吃,看着它从笼子里的瓶子那儿喝水。它死的时候我正在幼儿园里。等我回到家,老爸已经把它埋在了后院。我哭得很伤心,因为我甚至都没来得及和它说一声再见。

"莉莉菩提！这名字好可爱。"小吉一边说着，一边摆好了架势准备跳绳。

莉莉菩提是一本叫作《格列佛游记》的书里一座小岛的名字。在这本书里，那个名叫莱缪尔·格列佛的探险家遭遇了一场船难，所以去到不同的岛屿历险。他去的第一个地方就是莉莉菩提，岛上的人身高都不到六英寸。我喜欢这个小人国的故事，但我更喜欢这个名字：莉莉菩提。这名字听起来就像是那种小人儿们会住的地方。

我正准备把这些告诉小吉，问问她维吉尔的豚鼠叫什么名字，这时香织朝我身后的房子挥了挥手。

"抓紧，抓紧。"她说，"我们得搞清楚到底怎么回事。"

"好的，好的。"我说着，转过身朝那栋房子走去。我尽量走得若无其事一些，免得被她们看出来我其实有多紧张。

车道上空空如也，没准这家人全都出门了。

我沿着石头砌成的道路拾级而上。这栋房子虽说不是豪宅，但也可以说是相当大了。它有两层楼高，车库能容下三辆车。前门上甚至有个考究的马蹄形门环。我抓起门环，叩打了三次，然后等着。我玩了一会儿包上的带子，没过多久，我就意识到大概没人在家。一方面这让人松了口气，但另一方面，要是他在家就好了，因为那样的话就意味着香织的朋友没有出事。

这时门开了。我一看就知道这位是他的洛拉——香织告诉我"洛拉"就是"奶奶"的意思——因为她看起来有一百多岁了。她身板很小，比我还矮，十分精瘦。她没有笑。看起来既不刻薄，也不友善。她瞟了一眼我的助听器，快速地挪开了眼睛。

"那个，"我问，"维吉尔在家吗？"

她抬起下巴，好像我说错了什么话似的。她的手依旧放在门把手上。

"维吉尔？"她问。

有那么一瞬间，我担心自己没有说对他的名字。没准他根本就不叫维吉尔呢。也许我会错了意，搞错了。

"是吧？"我回答。口气不太确定。

"不，维吉尔不在家。他今天早上出门了。你叫什么？"

我的胸口和脖子变得滚烫起来。

"我叫什么？"我傻傻地回应道。

"对呀，"洛拉说，"我好告诉他你来过。"

"哦。"我清了清嗓子，"我的名字是……那个，瓦伦西娅。"

"嗯，瓦伦西娅？"她说。

我不太确定她到底是想取笑我，还是想怎么样。这很难判断。不过接着她的目光就变得柔和了起来，她笑着说："我就知道你会来呢。"

"是吗？"

"这个嘛，我就知道会发生点儿什么事。"

我原本以为她会说点儿人们常说的客套话，比如"我会转告他你来过"之类，所以我一时不知道怎么回答。

"你母亲为你挑了一个好名字。"她继续说道，"瓦伦西娅大教堂是世界上最重要的教堂之一。坐落在西班牙。"

"哦。我没听说过呢。"

"也许你母亲知道。"

"这可说不好。"

"嗯……"洛拉似乎认真考虑了一下，"你应该告诉她。知道自己挑了一个美好又坚韧的名字，她会很高兴的。"

"我猜她一直都是这么想的。"我说，"她不是个会质疑自己决定的人。"

洛拉笑了。她的整张脸都皱在了一团，让我联想到嘴里叽里咕噜的女巫——不是贬义。

"我欣赏你母亲！"洛拉说。

我也笑了。虽然我有点儿搞不清楚自己为什么会笑，因为我觉得老妈真的是世界头等大麻烦。

"小维有你的手机号吗？"洛拉问，"他回来的时候我好让他发短信给你。"

她举起手来，做出在手机上戳戳点点的样子，我看懂了她的意思。

我原本可以回答"有"，可是我偏偏脱口而出"没有"——毕竟这是事实。接着洛拉就招手示意我进去，这样她好把手机号记下来。我扭头看向香织和小吉，朝她们耸了耸肩。我离她们太远了，根本看不清她们脸上的表情。小吉还在忙着跳绳，她跳得可真够快的。

走进了维吉尔家之后我才意识到室外是多么炎热，而他家里是多么凉爽。洛拉领着我走向一间宽敞的厨房。我关上前门，跟了上去。她开始在一个抽屉里翻找起什么来，嘴里念念叨叨的。不过因为她是朝着抽屉而不是朝着我，所以我没法知道她到底在说什么。人们不对着身边的人说话，反而对着抽屉之类的说话，真是好笑。

我不想弯下腰来盯着她的脸看，那样也太奇怪了。所以我转过头来，漫不经心地打量起了墙边的一座大书架。那些书并没有吸引我，我的目光落在了一个镶嵌着家庭合影的相框上。照片上一共有六个人，其中四个人露出了笑容——灿烂而标致的那种笑容，另外两个则没有。一个是洛拉，她的脸上笼罩着一股淡淡的愁云，好像是在不情不愿地配合着全家福的拍摄。另一个是那个男孩，他倒没有愁眉不展，只是看起来似乎是在强颜欢笑。可他的努力显然没有成功。

我立刻反应过来他就是维吉尔。难怪香织的描述听起来那么耳熟。

我认识这个男孩。

我在脑海里搜索了一番他的脸，这下子全想起来了。

他和我一样，每周四都要在资料室补习。我们从来没有说过话，不过他看起来人还不错，总是很安静。

洛拉突然拍了拍我的肩膀，吓了我一跳。我也太紧张了吧？

她手里拿着一支笔和一张便签，在我鼻子底下晃了晃。

"你听到我叫你了吗？"她问。

她让我把姓名和电话号码写在纸上。

"没有，抱歉。"我指了指我的助听器。

我写好之后把字条递回给她，维吉尔拿到这张字条会一头雾水吧。不过，事已至此，船到桥头自然直嘛。

"我们村里也有过一个聋女孩。"洛拉接过字条说，"人们觉得反正她也听不见，所以在她身边说话都毫不避讳，没什么秘密是不能讲的。但其实她对一切了然于心。"

洛拉倾过身，拿手指点了点右眼的鱼尾纹："她能用眼睛听见。"

我很想知道那个女孩都听到了些什么秘密。

"我也能用眼睛听见。"我说。

"我知道。"洛拉说。

"我能看出来。"她朝我眨了眨眼。

30
史矛革

一根树枝可以派上各种用场。正因为这样，切特很中意树枝。树枝可以用来戳戳点点，也可以抡圆了当武器，不过最最要紧的是——至少对今天来说——树枝可以对付蛇。

可惜他连一块蛇皮都没见着。他原本是要叫上戴维斯一起的，好让戴维斯指出自己找到蛇皮的位置。他想要给戴维斯上一课，不过又有点儿担心被抢了活捉一条真正的蛇的风头。这份独一无二的荣耀只能属于他。

他在脑海里勾画了一番捉住蛇之后的场面：蛇在枕套里扭动着，而他则忙着给枕套打结。然后他会像个凯旋的赏金猎人那样扛着枕套回家。他会把这条蛇当宠物一样养起来，一旦蛇进了爬虫箱，他就要给戴维斯打电话，让他知道自己徒手完成的功绩。嗯，他会对戴维斯这么说：

"我赤手空拳地抓住了它！"

切特拿不准父母会不会同意他在家里养条蛇。也许他能说服母亲。他的母亲向来很容易被他说服，尤其是当他得到父亲的默许的时候——不过他还不知道父亲喜不喜欢蛇。切特当然认为他父亲天不怕地不怕，不过他也清楚每个人都有自己的弱点。就连他自己也是。切特永远永远也不会让人知道他的弱点——尽管他是自己认识的最最勇敢的人，但他其实很害怕狗。不是吉娃娃一类的小不点，这种狗不值一提。他真正害怕的，是那种大狗。

还有一些事情也让切特感到害怕。比如不管怎么努力练习，他都可能进不了篮球队。他已经在棒球联赛中失利了——从来没击中过球——而博伊德中学又没有足球队，所以他现在别无选择。篮球是他成为一名职业运动员的唯一机会了。

"如果身无长技，不如一事无成。"这是他父亲最喜欢的警句之一。而切特确实样样都很平庸。篮球兴许能带来转机。

蛇也是。

要是父母不同意他养蛇，切特就打算退而求其次，请父亲拍一张他抓着蛇的照片，就是渔夫和钓到的大鱼合影那种。然后他就可以把照片发给戴维斯，说点儿讽刺对方的话，像是"你找到了蛇皮又怎么样？再跟我吹吹你那点儿事儿呗？"。

切特一边想着要怎么讽刺戴维斯，一边拿着他的树枝和枕套穿过林子。他一路走一路搜寻着地面，查探着蛇可能出没的地方，比如那种很容易成为蛇的藏身之处的浓密的矮灌木丛。

"你可躲不了！"切特吼道，好像蛇能听懂他的话似的。

他思忖着一旦抓住了一条蛇，该给它取个什么样的名字好。什么样的名字适合蛇呢？杀手？不行，太幼稚了点儿。眼镜蛇？又太直白了点儿。

"嗯，"切特一边戳着一棵大树根部的落叶丛，一边说，"就叫史矛革[1]吧。"

没错，史矛革。这名字听起来既威风又很适合蛇。再说了，没准龙跟蛇还是同类呢。

可是落叶里什么动静也没有，切特继续走着，一边大声喊："史矛革！来啊，史矛革！"就像在喊一只宠物猫咪。每当看到一堆落叶或者枯枝，他都要戳一戳、唤一唤。他一点儿也不感到害怕，还真是个天生就胆大泼天的角色。

这时响起了一阵沙沙声。

落叶簌簌响了起来，就像他撞见瓦伦西娅时听见的那种声音。他停下脚步，四下张望。很难分清那声音打哪儿来，

---

1 史矛革（Smaug），出自英国作家托尔金（John Ronald Reuel Tolkien）的严肃奇幻小说《霍比特人》（The Hobbit），是中土历史上有记载的最后一条巨龙，它的一些特征行为可追溯至一些古英语史诗：长寿、有翼、易怒、像爬虫类生物、躺在宝库里、对盗窃敏感、强报复心。

而且这下子那种声音又完全消失了。

他突然觉得自己一定是被人跟踪了。或者被人窥视着。

"喂？"切特说。他的气势不太足，所以他又提高了音量："有人在吗？"

没有回答。

会不会是那个聋女孩正藏在树林里？会不会是她正在对他念咒语？

他等待着。

什么也没有发生，他翻了个白眼，喃喃道："管他的。"他拿树枝戳着落叶，听到了一阵声响，这一次是从地面传来的。他顿住了，随后又戳了一下。

切特朝前走近一步，拿运动鞋的鞋尖去扫那堆落叶。他确信自己听到这里面有什么动静。他的身体亢奋起来，尽管天气炎热异常，他却起了一身鸡皮疙瘩。

他握紧了树枝，扫开了落叶。

说实话，他没指望过能找到什么。虽然他确实是来找蛇的，但他已经找了好几个钟头了，现在不过是继续做做样子。就在他自己都没意识到已经放弃寻找史矛革的时候，史矛革出现了。

那条蛇嗖地立起了脑袋，它约莫一条花园水管粗细，但不是很长。这一瞬间，切特突然意识到自己对蛇几乎一无所知。他知道要怎么抓蛇——当然是要逮住尾巴，这样就不用把手送到蛇的嘴边了。不过他压根不知道这条蛇到底有没有毒。这么小的蛇会有毒吗？他怎么知道呢？要是早做准备就好了，眼下肯定是来不及了。他总不能一边就这样被史矛革虎视眈眈着，一边摸出手机上网临时抱佛脚吧。这是一个千载难逢的机会，那条蛇已经暴露了，正等着被活捉。此时不捉，更待何时！

切特的心怦怦直跳。

"冷静。"切特自言自语说，"别怕，冷静。"

蛇一动不动。它只是盯着他。既没有吐着芯子，也没有像相扑选手那样前挪后跳。它只是停在那儿，昂着脑袋，仿佛等待着被人捉住和抚摸。它也许注定就该成为他的宠物。

这就是命运吧。

切特扔掉了树枝，啪的一声展开了枕套。

他做了个深呼吸，慢慢靠近。他一走近，那条蛇立刻朝后仰起头。切特毛手毛脚地一把捉住了它的尾巴，这给了史矛革充分的时间和空间来进行利落的反击——它的尖牙一口咬在了切特紧致红润的胳膊上。

那感觉就像是被一只小猫抓了一下。他曾经挨过这么一下，全拜表兄家那只凶巴巴的猫所赐。不过猫跟蛇可不是一回事，所以他立刻松手丢掉了史矛革，大喊大叫了起来——他恐怕自己会在五分钟之内毙命。

切特的胳膊立刻红肿了起来，皮肤传来灼烧的感觉。他想象着毒素正在血管里奔腾，袭向心脏。谁会找到他的尸体呢？是那个聋女孩，还是那个弱智男孩？他们会知道他是怎么死的吗？要是他们两人中的一个发现了他的尸体，至少希望他们能够明白，他死于和一条凶猛的爬行动物所进行的生死搏斗。

他搂着胳膊，盯着伤口看。枕套像一个泄了气的皮球，皱巴巴地躺在落叶上。他突然意识到史矛革已经不知所终。它消失了。切特从发现它的地方又往前走了大约二十步，想要找到它。接着他坐在了一棵大松树下，准备等死。

31
世事难测

　　"维吉尔不在家，这说明他遇上麻烦了。我早就知道是这样！"香织说，"看来我们得做个仪式。"

　　她们从维吉尔家回去之后，躺倒在田中家客厅的地板上，商量着下一步行动。电视机也打开了，小吉的注意力全被吸引了过去。好在有香织在，这种生死攸关的紧要关头，超级需要一个有洞察力的孩子坐镇。

　　"雷妮"皱着眉头看着电视说："电视开着的话，我很难听清声音。它太吵了。"她用双手捂住耳朵，这可是全球通用的"吵"的手势。"可以把音量关小一点儿吗？"

　　香织瞪了一眼妹妹："把那东西关小声点儿！"

　　小吉照办了，却依旧目不转睛。

　　"你是不是说要做个仪式？""雷妮"问香织。

香织立刻换上了一副严肃的表情，她坐直了背，双手交叠放在了膝上。

"寻找失物的仪式。"香织郑重其事地说，"它能帮我们找到维吉尔。但我们不能在这儿做，我们得去林子里。这种仪式只有在天人合一的时候才能起效，很显然这里不合适。"她扬手指了指电视机。

墙上挂着的钟——在香织看来是个丑不拉几但不乏实用的东西——显示现在时间是下午两点十九分。香织不知道一个人要失踪多久才算得上是"失踪人士"。也许维吉尔失踪的时间还不够长，但是三小时又十九分钟也足以发生很多坏事了。

香织预感到"雷妮"会追问：寻找失物的仪式是什么？老实说，就连她自己也不清楚。她只知道一定有某种仪式可以帮助有天赋的灵媒寻找到失踪的物品或者人，她只是不知道具体要怎么做。没关系，她可以在路上慢慢想，那些神神鬼鬼会帮她的。

"没时间解释细节了。"香织说。她腾地站了起来，在妹妹眼前上下挥动着手指。小吉转了转头，但眼睛还是一眨不眨地盯着电视。

香织叹了口气。这个小吉！真是成事不足败事有余。香织早就跟她说过电视机对田中家的女孩们来说太世俗、太庸常，可是这倒霉孩子就是听不进去。

"小吉，"香织说，"去把妈妈的秘密火柴拿过来。我们要去林子里了。"

田中太太在微波炉下的第二格抽屉里藏了一盒火柴，她用这盒火柴来点她的秘密香烟。她还以为两个女儿一直都被蒙在鼓里呢。

"妈妈，你可别对我有所隐瞒。"香织曾对田中太太说，"我继承了天眼。"

"从谁那儿继承的呀？"田中太太问，"你爸爸跟我的家族里可没人对这些事情有半点儿兴趣。"

田中太太确实对血缘啦，前世啦这些事情一点儿也不感冒。那都是些无人知晓的前尘往事。香织总是想象着自己的出生，她是从一片薰衣草花海里冒出来的，头发乌黑，充满了对前世所遭遇的不公的愤怒。她记得有两次前世：

香织降生的第一世是在古埃及。这场景曾出现在她的梦里，她看见自己穿着一袭白袍，穿行在金字塔之间。要不是她曾经在某一世真的在金字塔之间行走过，她怎么可能知道这些呢？

在香织的另一世里，她是一名来自孟加拉国的自由角斗士。她有一次在电视上看到一部纪录片的片段之后就反应过来了。当纪录片里出现孟加拉国的画面时，一切都看起来那么熟悉，她简直找不到合理的解释。原本香织还可以多了解一些的，可是田中先生很快就转台了。她曾经试图解释那部纪录片很要紧，说不定揭示了她前世犯下的罪过。可田中先生却说现在可是"疯狂三月"[1]，前世的罪过不会在全美大学生篮球联赛期间凑热闹的。

香织父母的种种表现，并不是因为他们对香织的神秘身世、魔法和灵力一无所知造成的。其实他们原本就十分缺乏想象力。就拿抽烟这件事来说吧，田中太太每周都要去后院抽上个一两次，但她完全忘了香织卧室的窗户处在下风处，烟味每次都会飘进"圣灵室"去。

真是此地无银三百两。

小吉没有立刻走去拿火柴。她磨磨蹭蹭地站起身，这样就能看完节目的结尾了。直到香织再次催促，她才又动了动。

"你知不知道拯救行动是要争分夺秒的？"香织说，"再说了，我们得赶在田中先生和田中太太回来之前。"

小吉还在拖拖拉拉，"雷妮"已经把包拎在肩上，大步流星地朝门口走去了。香织从烛台上拿走了她妈妈的一支装饰蜡烛，塞进了后兜里，追着"雷妮"出了门。

门一开，小吉也赶了上来。她还带上了跳绳，把它挂在肩头。

"你干吗上哪儿都带着那个？"香织问，"我们又不是去林子里跳绳。"

"你又不知道什么时候会需要跳绳。"小吉回答。

---

1 疯狂三月（March Madness），指每年3月拉开序幕的全美大学生篮球联赛，其影响力某些程度上并不输给美国职业篮球赛（NBA）。

香织翻了个白眼："好好好，真有你的。"

她从妹妹手里接过火柴，三个人走到了似火的骄阳下。

"好热。"小吉说，"我们可以煎个鸡蛋。"

不知道她打哪儿听来的，在室外温度够高的时候，可以在车上或者水泥路面上把鸡蛋给煎熟。她已经为这个求了香织好长一段时间了。

"我们可没那工夫去做科学实验。"香织说着，锁上了前门，把钥匙收好放在口袋里。

"雷妮"已经自顾自地朝着街道，走到几步开外去了。

"只要两秒钟就能敲碎一个鸡蛋。"小吉央求道。

"这种关头你怎么还在惦记着鸡蛋？"香织问。她和小吉追上了等在田中家信箱旁的"雷妮"。

"我保证他不会有事的。"小吉说，"他可能只是忘了。还能发生什么样的坏事吗？"

"这我可不敢想。"香织说。

"我们到底要往哪儿走呢？""雷妮"问。

"是呀，"小吉也问，"我们到底要带着这些火柴和蜡烛上哪儿去？"

香织并没有停下脚步，她伸直了手臂朝前一指，像个带队行军的将军。

"那边。"她说。

她们穿过街道，肩并肩地走进了林子。

小吉拉了拉"雷妮"的袖子问："助听器会弄疼你吗？"

“有时候会让我痒痒，或者在耳朵里压得有一点点疼。”“雷妮”回答。

谢天谢地，树木投下的阴影阻隔了热浪。香织一边观察着周遭的一切，一边思索着。她对林子并不是很熟悉。老实说，林子让她很不自在。这里充满了不可预知的东西——咬人的野兽，掉下的树枝，叮人的昆虫。相比之下，她更乐意待在舒舒服服的家里，一切都在掌握之中。可是她又有什么办法呢？她们总不可能在沙发垫子底下把维吉尔给找出来呀。

“为什么你戴了助听器还得看着人们的嘴形呢？”小吉问。

她们的脚把地面踩得嘎吱作响。

“助听器也没法让我像你们一样听得清清楚楚。我得借助嘴形来猜测到底说的是什么，就像玩拼图。”“雷妮”回答。她的目光从小吉身上转向了林子。

“你是一生下来就聋的吗？”

“不是。我原本可以听见一点儿。这样我才学会了说话。不过后来我的听力几乎完全丧失了。”

“不知道我的听力会不会丧失。”

“不会。”

“你能远远地通过望远镜读出唇语吗？”

香织再也受不了了，如果小吉一直问东问西，她又怎么能跟森林融为一体呢？

"别问了。"香织叫道。她听到耳边有什么东西嗡嗡个不停，于是伸手拍了一下。

　　小吉眨眨眼睛问香织："怎么啦？"

　　"太失礼了。"

　　"雷妮一点儿也不介意呀。"小吉望着她们的新客户，拍了拍她的手，"对吧？"

　　"我介意。"香织说，"我们得集中精神，你的叽叽喳喳可一点儿都帮不上忙。"

　　香织不想承认，事实上她总爱支使小吉当她的跟班，这样她自然就是带头的那个了。可是"雷妮"似乎天生就是一

个领导者——她一直在前面领路，尽管她都不知道她们要找什么。香织敢打赌"雷妮"一定是狮子座。

"就在这儿停下吧。"香织说。

小吉停下了脚步，"雷妮"也停了下来。她们一脸好奇地看着香织。

"为了举行仪式，我们需要一种特别的石头。"香织尽可能一本正经地说。

"就像你让维吉尔去找的那五颗石头？"小吉问。

"什么五颗石头？""雷妮"也问，她的目光从妹妹转到了姐姐身上。

香织无视了这个问题，没时间细细解释了。

"我们只需要一颗那种叫作蛇皮玛瑙的石头。"

"雷妮"歪过头问："你是说你要找的是蛇皮玛瑙？"

"没错，蛇皮玛瑙。"香织回答。

"那是什么？"小吉问。

"那是一种石头。就跟鸽子蛋差不多大。"香织摊开空空如也的手掌，仿佛那种玛瑙会变戏法似的出现在她手心里，"这种石头的表面有鳞片一样粒粒凸起的花纹，所以它得名'蛇皮'。"

"雷妮"皱起了眉："我们根本不可能在这片林子里找到这种石头。"

"你怎么知道？"香织问，"这片林子里有各种各样的石头。"

"因为蛇皮玛瑙一般是被发现于干涸的河床或者沙滩——靠近水源的地方。""雷妮"环顾四周，周围只有枯枝和参天大树。"这附近根本就没有水源。"

小吉抱起双臂，扬起眉毛看了看香织："这可怎么办？"

香织不知道怎么回答。她心里明白"雷妮"是对的。虽然香织从来没有见过真正的蛇皮玛瑙，不过她在网上研究了很多很多关于宝石的页面，所以她知道不同的宝石有不同的功用。蛇皮玛瑙可以帮助人找到失物。而维吉尔现在失踪了，就算他现在没事，但对香织来说却算得上是下落不明。再说了，像维吉尔这样傻乎乎的家伙，香织必须确定他还活着、还在呼吸。

"我觉得我们不一定非得找到一颗货真价实的蛇皮玛瑙，"香织说，"能找到近似的也行。我是说，我的确需要蛇皮玛瑙，但是现在顾不上这些了。我猜我们可以找到一颗有花纹的石头。足够像就行了。剩下的就靠我们的力量来弥补吧。"

小吉看向"雷妮"，等待着她的反应。

"你觉得呢？"她问。

香织皱了皱眉。她之前还从没听过小吉问任何人——甚至他们的父母——的意见。

"雷妮"端详了一番小吉的脸，又看向香织。过了一会儿，她说："如果你姐姐说我们需要找到一颗有花纹的石头，那我们就需要找到一颗有花纹的石头。"

香织的肩膀放松了下来。有一种不可言说的东西在两个大女孩之间传递，她们心照不宣——而香织呢，作为一个拥有天眼的天赋之人，对此有着很强的感应。她朝"雷妮"不露声色地微微一笑，"雷妮"也还以微笑。

就在这时，她们听见了尖叫声。

32
最糟糕的话

维吉尔觉得自己就算不会命丧于帕的尖牙利爪，也逃不过以下三种情形之一：窒息，饥饿，口渴。他不知道哪种死法更糟。

也许这些情况会同时发生。也许他会无法呼吸，饥肠辘辘，最后心力衰竭而死。他会口干舌燥，喉咙硬邦邦的像块骨头。而这一切都有可能接踵而至。

说起来，一口废井里有多少新鲜空气呢？

会是有限的吗？

会耗尽吗？

帕还会回来吗？

泪水涌上心头。他闭上眼，不让它们从眼睛里流出来。他往上看啊，看啊，看啊，想要寻找空气流动的通路。然而这里太黑了。如果连一丝光都不能溜进来，那么空气又怎么能灌进来呢？

"也没那么要紧了。"维吉尔说，"反正我就要饿死了。"

他给格列佛喂了一株蒲公英。他看不见格列佛，但能感受到格列佛用牙齿拽走了蒲公英秆，还能听到它咀嚼时发出的那种轻微的咔嚓声。

"对不起，格列佛。"维吉尔说，"是我害了咱俩。"

接下来发生的事情就是难免的了。

尽管维吉尔竭力避免，但说实话，这可能发生在任何人身上。维吉尔开始哭了起来。

藏在他身体深处的眼泪再也忍不住了，它们漫过他的喉咙，然后像关不了闸的水龙头里的水一样，一滴接一滴地流了出来。维吉尔拼命想忍住，他讨厌哭鼻子。他讨厌因为哭泣而把脸搞得湿乎乎的，眼睛肿泡泡的，喉咙火辣辣的。可他就是停不下来。泪水越流越凶，已经不再是一滴接一滴，而是像倾盆的大雨。维吉尔都哭得有些上气不接下气了。也许他确实很软弱，像个小婴儿，或者一只胆小的乌龟。不过这又有什么呢？他害怕了。他被困在一口井里，身边没有一个朋友，他确实害怕了。

维吉尔曾经听说，人死之前会看到自己的一生在眼前闪过。他现在还没有奄奄一息，却也已经看到了一些画面闪过。他想起了洛拉。他想起了她那双如同纸一样的手。他想起了她讲过的那些故事，她是如何称赞维吉尔的手指，说他将来一定会成为钢琴家，想起了她是如何向他描述帕、石头男孩和太阳皇后的。只可惜她从来没有跟他讲过一个关于如何从井里逃生的故事。现在她再也没机会了。

他想起了自己的父母和两个哥哥。想起他们总是大呼小叫着取笑他的内向和安静，想起他们觉得他怕黑是件多么不可理喻的事。他想起过去总是幻想着自己就像摩西[1]一样漂浮在一条河里，碰巧被他妈妈捡到了。也许她把他捞了起来，说："这是什么？一个无父无母的婴儿！我这就把他带回家去好了！"（用她惯用的大呼小叫的口气。）然后他就被带回了家，人人都能马上看出来他跟这个家格格不入，不过他们还是接纳了他，因为他们爱他。维吉尔当然也爱他们，尽管他并不完全理解他们。而现在他再也没有机会去了解他们了。

他想起了瓦伦西娅。

他抬起手背，擦了擦满是鼻涕的鼻子，又把鼻涕揩在了裤子上。通常他不会干这种事情，不过现在也没必要讲究了。他感到自己快要窒息了，而他还没来得及和瓦伦西娅打过招呼，没来得及告诉洛拉自己有多爱她，没来得及去了解他的父母和两个哥哥，没来得及谢谢香织这样一个很棒的朋友。现在，一切都晚了。

---

1 摩西，是公元前13世纪时犹太人的民族领袖。"摩西"在希伯来语里的意思是：从水里拉上来。因为法老的女儿把还是婴儿的摩西从一个在水上漂浮的篮子里救了出来，并且为他取了名字，之后将摩西当作自己的儿子抚养。

维吉尔确信，帕终究会来的。就算帕没有来——把格列佛当作开胃小菜，接着再享用正餐——他也万念俱灰。

维吉尔做了一个深呼吸。他的眼泪已经哭干了。谁还能找到他呢？"公牛"是他获救的唯一希望了，可这希望是如此渺茫。没准"公牛"已经完全把他忘在了脑后。或者"公牛"现在已经回到了他邪恶的老巢，将恶行记录在日记里：暑假的第一天，把维吉尔·萨利纳斯关在了一口井底。

维吉尔感到脸颊生疼，两眼发烫，鼻子也阵阵作痛——哭泣带来伤害。这就是他为什么憎恨哭泣。

"哭泣有益于身心。"鲁比温柔地说，"哭泣意味着有东西需要释放。如果你不释放它们，它们总有一天会把你压垮。"

"除了哭我什么也做不了。"维吉尔说。他的声音听起来都因为哭泣而变得嘶哑了。

"你应该再喊一次。"

维吉尔拿两只手的手根压了压眼睛。

"那有什么用？没人能听得见我。"

"在人一生中可以问自己的所有问题里，永远不要问'那有什么用？'，这是世上最最糟糕的问题了。"鲁比说。

"你的口气好像洛拉。"

"很好。"

"我很想她。"他轻声说。就算只是自言自语，他也感到有些难为情。但有些话就是需要说出来。当你大声说出来，你就释然了。洛拉曾经这样对他说过。但这话似乎不顶用，因为维吉尔还是很想她。

"你又不是再也见不到她了。"鲁比说。

"你怎么知道呢？没有人能找到我。没有人能救我。不可能的。"

"巴亚尼，在人一生中可以对自己说的所有话里，永远不要说'不可能的'。"

"好吧。不过现在还是太迟了。"

鲁比叹了口气。她的气息就像是一缕看不见的烟。

"这句更糟。"她说。

维吉尔瘫靠在井壁上。他想在饥饿中一睡方休，可是他做不到。帕还在近旁的某处。也许帕此刻就在他的头顶，注视着他，像秃鹰一样盘旋着，等待着时机俯冲下来。维吉尔不敢抬头去看。况且井里是那么黑。

如同帕所喜欢的那样，维吉尔屏住了呼吸。

他的脸旁是一根羽毛吗？那是一声扑簌簌的声音吗？

维吉尔用双手捂住了眼睛。

"再试一次呼救吧。"鲁比说。

"我不想。那样恐怕会……"

"恐怕会什么？"

把帕从它栖息的那根看不见的树枝上惊起，然后它就会朝我们俯冲下来。

"我告诉过你，你越怕它，它就长得越大。"鲁比说，"别管帕了。呼救吧。就当是为我做的。"

维吉尔慢慢地放下了双手。

四周一片寂静。

"你不能就这样放弃了。"鲁比说。

"人们总有放弃的时候。这就是事实。"

"举个例子。"鲁比说。

"我太累了，不想举例子。"

"你这样说只是因为你不想去思考问题的答案。"

维吉尔叹了口气，他想了一会儿说："好吧。假设你在参加一个跑步比赛，而且要跑的路很长很长。你参赛是因为你觉得自己可以做到。你为此苦练了几个月，甚至几年。然后有一天，这场大赛开始了，你就跑啊，跑啊。突然你的腿就累得不行了，同时你发现自己正面临着脱水和呼吸困难，而终点线却还在遥远的地方。你再也没办法坚持了。你开始呕吐起来。如果你继续跑下去，你很清楚自己会死。所以你停了下来。你坐在了路边，这样你就不会死了。你得放弃，不然就得死。"

"真是个糟糕的例子。"鲁比立刻说。

维吉尔眉头紧锁，他朝着黑暗怒吼道："不，才不是！"

"是，它就是。"

"它糟糕在哪儿？"

"你举的这个例子里的人并没有放弃。放弃是指一开始连跑步比赛都不会报名。"

维吉尔又叹了口气。

"我困了。你能帮我看着点儿吗？"

"我会的……只要你最后呼救一次。"

"你保证？"

"我保证，巴亚尼。拿出你的本事来吧。"

维吉尔深深地吸了一口气。他让胸腔里灌满了空气，大大地张开了嘴巴，他喊啊，喊啊，直到再也喊不出声音。

33
田中和萨默赛特

　　"你们听到了吗？"香织问。她抬起手来，亮出手掌，做了一个"大家原地待命"的手势。

　　小吉瞪大了双眼，脸色煞白。她朝香织连走两步："我听到了。"

　　"什么？怎么了？发生了什么事？""雷妮"问。她看看小吉又看看香织。

　　"听起来好像是……"小吉的目光在林子里搜寻着，但她脚下依旧一动不动。

　　"有人在喊救命。"香织说。

　　"雷妮"眉毛倒竖："你们是说听到了有人在喊？确定吗？"

　　"没错。"姐妹俩异口同声地说。

香织指了指西面："是从那边传来的。"

三个人不再多说一句，连忙朝那个方向走去。无数的画面浮现在香织的脑海里，她想象着——

维吉尔蜷缩在一株垂柳的树根旁，捂着折断的腿；

维吉尔趴在最高的一棵树最顶端的枝尖儿上，像只下不来的猫咪（虽然香织很清楚维吉尔是绝对不会去爬那么高的树的）；

维吉尔躺在一块岩石旁边，脑袋上肿了一个大包。

香织满脑子想的都是维吉尔，完全没有料到走了两分钟之后她们找到的却是另一番景象：一个她完全不认识的男孩正背靠着一株松树坐在地上，一件白色衬衫包扎着他结实的胳膊。

那男孩一看到她们，脸色就从害怕加满腹牢骚变成了害怕加恼羞成怒。他的目光依次扫过香织、小吉，最后落在了"雷妮"身上。当他看到"雷妮"，立刻就换上了一副故作坚强的模样，丝毫看不出来他就是刚刚那个哭天抢地的家伙。

"你上这儿来干什么？"他没好气地问。

很显然这男孩和"雷妮"互相认识。至少香织的第六感告诉了她这一点。

"刚才是你在喊救命吗？""雷妮"问道，口气里满是不屑。

那男孩气鼓鼓地转过身，把胳膊朝自己面前拽了拽。三个女孩一下子就明白了，刚才的确是他在呼救——尽管他从鼻子里哼哼出了一声似有似无的"不是"。

小吉问："你的胳膊怎么了？"她的脸色不再惨白了。她指了指那条临时绷带，香织这才看出来那不是什么衬衫，而是一个枕套。

"我被蛇咬了，如果你非要问的话。"男孩自豪地说，"那条蛇很大，有眼镜蛇那么大。它差点儿把我的胳膊都给咬下来了。"

"真的吗？"小吉崇拜地问。

"是的。"男孩的目光扫过她们三人，"如果你们不把我送去医院的话，我很可能会死。我很肯定那是一条毒蛇。"

"雷妮"把她的背包交给小吉，然后走到男孩身旁跪了下来。落叶被她的膝盖压到了一边。她举起双手，示意男孩让她查看一下伤口，就像一个妈妈正在哄着任性的孩子。

"你要对我做什么？"男孩一把抽回了受伤的手臂，"想对我下咒什么的吗？"

"雷妮"大大地翻了一个白眼："我对蛇咬伤知道的不少，所以快把你的蠢胳膊给我看看。"

"没门儿。"

"雷妮"放下了双手，耸了耸肩："那好吧。不过你要知道如果你让那件衬衫一样的东西一直那样缠在胳膊上的话，很可能最后就得截肢。你不应该那样盖住伤口。"

那男孩又从鼻子里哼哼了一声："你疯了。受了伤就得包扎，这道理人人都懂。"

"如果你在蛇咬过的伤口上包扎，就会让伤口附近的皮肤变热，产生水汽。潮湿的环境会滋生细菌，感染你的伤口。接下来细菌还会扩散。再接下来嘛……"她做了一个砍断自己胳膊的手势，"这就是为什么你最好不要把伤口给包扎起来。对了，顺便说一句，我不认为那是毒蛇咬的。"

"你是怎么知道的？"小吉问。她看起来有些失望，好像碰上一个被蛇咬得半死的人比碰上一个让自己胳膊感染的笨蛋是更好玩的事情。

香织饶有兴致地把这一切看在眼里。"雷妮"知道很多关于自然和动物的事情。也许她们应该合伙。香织可以算命和提供精神指引，而"雷妮"可以给咒语之类的做辅助。一旦香织需要某种特别的石头，"雷妮"就会告诉她上哪儿去找到它们。她们可以为合伙的事业起个好名字，不过不是"香织和雷妮"——这名字听起来不够严肃。她们得起一个有前途的、正正经经的名字，用姓来命名。田中和……

香织拍了拍"雷妮"的肩膀，这会儿那男孩正不情不愿地抬起他受伤的胳膊。

"雷妮"转过身来面朝着香织。

"你姓什么？"香织问，"我只是好奇。"

"雷妮"愣了一下，回答道："萨默赛特。"

田中和萨默赛特！这名字堪称完美！听起来是桩正经生意的样子。

香织都能看到她们那金光闪闪的招牌了。她几乎能感觉到那招牌上令人炫目的闪光落进了自己的双眼。田中和萨默赛特！田中和萨默赛特！田中和萨默赛特！

"雷妮"把枕套扔到了一边，伤口露了出来。小吉走上前去蹲在他们旁边。

"就这？"小吉问，"这是大蛇咬的？"

香织瞧了一眼伤口。她原本也跟小吉一样，以为会见到什么惨不忍睹的景象，比如一个渗着脓液和黏液的无比巨大的肿块。结果呢，那男孩的胳膊红红的，仅此而已。她们甚至都找不到牙印儿。

"这就跟没受伤差不多嘛！"小吉说。

"才不是呢！"那男孩厉声说，"它咬我的时候，我好不容易用另一只手抓住了它，这才没让它伤得我更厉害。我把它的毒牙从胳膊里拔了出来，然后扭断了它的脖子，把它整个儿扔进了那口废井里。"

"雷妮"抬眼看了看香织，那表情在说"是这样才怪了"。

"你怎么知道这没有毒？"小吉问"雷妮"。不过"雷妮"正在查看那男孩的胳膊，没有看到小吉，所以她没听见。

"喂！"那男孩说着，挥舞起手臂引起"雷妮"的注意。她抬起眼。

香织感到他们之间的眼神快要喷出火来。

"那个蠢丫头在问你。"

小吉一把取下肩上的跳绳，像鞭子那样握在手上："你叫我什么来着？"不过因为它是亮粉色的，把手上还贴着笑脸贴纸，所以看起来一点儿威胁也没有。

那男孩根本没有理会小吉，只是把她的问题又向"雷妮"问了一遍。他捂着靠在胸前的胳膊，就像护着一串珍贵的珠宝。

"因为这就只是咬伤而已，还赶不上被黄蜂蜇一下子的呢。""雷妮"掰着指头说道，"你的喉咙没有肿胀，没有发烧，没有抽搐，你像只渡渡鸟[1]似的坐在这里跟我们说了半天，就跟平时没什么两样。你多半是被水蛇或者束带蛇咬了。也可能是北部游蛇或者别的。"

"无所谓了，聋子。"男孩从地上踉跄着站了起来。

"说起来，你是怎么搞得自己被蛇咬伤的呢？"香织尽力耐着性子问道。

"我今天一天差不多都在忙着抓蛇。"他说，"我就是干这个的。我赤手空拳地抓蛇，然后弄死它们。"他举起手来给香织看。

"这是很了不起的事吗？"香织说，"听起来你恐怕有什么精神缺陷。"

"雷妮"也站了起来："你还是赶紧回自己的洞里去拿温

---

1 渡渡鸟（dodo），是毛里求斯岛上一种不会飞的巨鸟，早在18世纪末就已经灭绝。一种说法是，dodo源自葡萄牙语doudo，即"笨蛋"。这种鸟体形肥硕，头大尾短，看起来呆气十足，并且不惧怕人类。

水冲洗一下这个所谓的伤口吧。然后再用弱碱性肥皂清洗一下。除非你想感染或者……"她又做了一次砍胳膊的动作，"对了，我的名字是瓦伦西娅，不是聋子。"

小吉和香织带着疑惑面面相觑。

"我的名字是瓦伦西娅。"

"我以为你的名字是雷妮呢。"小吉说出了她和香织的心声。

不过瓦伦西娅已经转过身去，狠狠地瞪着被蛇咬伤的男孩渐行渐远的背影。所以她并没有听见。

34
瓦伦西娅

其实当发现那条蛇没有毒的时候，我还挺失望的。倒不是说我希望切特中毒之类——我可不希望这样的事发生在任何人身上——不过一条被毒素感染的胳膊和一趟可怕的急诊之旅一定会很有意思。但这样一来，切特就会有资本大吹特吹一番了，所以目前看来还是就这样好了。我都能想象出他会怎么吹牛：

"我去了急诊室，差点儿就没命了，伙计。真的是差一点点就死在那儿了。医生说我居然能杀死一条眼镜蛇，简直是撞大运。好在我力气够大，能把它大卸八块，丢进那口井里。"

不过保不齐他以后还是会这样吹牛的。

切特走了之后，我像捡臭袜子那样捡起了枕套。我可不是脑袋一热所以才去碰沾了切特汗水的玩意儿，而是因为我已经把老妈的旧碗弄丢在了林子里，现在至少可以把这个垃圾处理掉。我可不希望有哪只松鼠找到它。也不希望是史克瑞德。一想到史克瑞德搂着切特的枕套的样子我就浑身不舒服。

我回头去看小吉和香织，她们脸上写着困惑，好像突然间不认识我了似的。

"我们一定要合伙做一番事业。"香织说。

"什么？"我问。我应该是听错了。

"我们一定要合伙做一番事业。"香织又说了一遍，"我很了解精神领域，而你呢，对大自然了如指掌。这是再棒也没有的组合了！也许这就是命运让我们成为朋友的原因。"

朋友。她说出这个词儿的方式，让我觉得自己仿佛找到了什么。我知道这样说起来有点儿老套，不过在那一刻，因为那个词儿，我一下子感觉自己换了一个人。这可能吗？

"也许只是巧合吧。"我说。

"世界上并没有巧合这回事。"小吉和香织异口同声地说。

不知怎么的，我们仨一起大笑了起来，我也顾不上手里还拿着切特那恶心巴拉的枕套了。

当我们停止大笑，香织的脸换上了一副严肃的表情。

"不过首先……"她说，"你得跟我们说点儿实话。"

她和小吉交换了一下眼色。小吉手里还拿着我的背包，我伸手去拿。

　　"你真的叫雷妮吗？"

　　我站得笔直笔直的，把背包背在了肩上。

　　"不。"我说，"我的名字是瓦伦西娅。瓦伦西娅·萨默赛特！"

　　就像喊出了一句战斗的号角那么响亮。

35
VS

香织很确定她这辈子还从来没有听说过"瓦伦西娅·萨默赛特"这个名字，不过却感到有一股子说不出的熟悉。这就是所谓"似曾相识"吧。她脑子里的某处灵光一现说：这很重要，多多留意这点。但她却想不清楚个所以然。

香织紧咬着双唇，努力想要看清答案，但脑海里却一片空白。还差一点儿就能想到了，答案就在唾手可得的地方，只要知道它藏在哪儿。

瓦伦西娅·萨默赛特。

"雷妮"在宣告她的真名实姓时，挺直了腰板，她一定很为自己的名字感到自豪。香织也很喜欢她的真名。名字所赋予的力量感是相当重要的——香织百分百相信这一点。

"我们得继续找石头了。"香织说，"维吉尔已经失踪了好几个小时，我们继续行动吧。"

小吉眼前一亮："我知道了！也许我们犯不着找蛇皮玛瑙了，因为我们不是遇上了真正的蛇咬吗？"她指了指还捏在瓦伦西娅的拇指和食指间的枕套。"当然了，那上面没有真正的蛇咬，但总沾了点儿蛇的唾沫吧。这总能算上数！"她满怀期待地看着姐姐。

嗯，香织想，也许小吉说得对。这可是蛇嘴里货真价实的唾沫，总比一颗石头还灵光吧？很有道理。

"你觉得呢？"香织问瓦伦西娅。

她还从来没有过——即使是在前世也没有过——向别人寻求建议呢，不过既然她们要做生意伙伴，那现在就是迈出第一步的好时机。香织知道合作对共同经营生意来说有多重要。

瓦伦西娅点点头："我看挺有道理的。"

不过她们再次被打断了，这一回是瓦伦西娅的手机嗡嗡响了起来。那震动声挺大的，一开始香织还以为是自己的手机在响。

"是我老妈。"瓦伦西娅看了一眼手机上的短信说，她说话的口气就好像是刚刚被布置了六个钟头的家庭作业，"她问我现在在哪儿。嘻！"

瓦伦西娅翻了个白眼，枕套在她身旁晃来荡去。

香织想起来她在历史课上见过的一张照片，人们挥舞着白旗表示投降。

"你得回家了吗？"小吉失望极了，焦躁不安地问。

"按理说是。"瓦伦西娅回答。

香织正打算劝说瓦伦西娅尽力多待十五分钟再走，仪式用不了多久，可是这时一阵佛寺的钟声响了起来——那是香织的手机短信铃声。香织看了一眼手机，是她妈妈发来的。难道说父母们都有着相同的脑电波频率之类的吗？

"是田中太太。"香织对妹妹说。

不过那条短信并不是问她在哪儿，也不是问她什么时候回家。

> 你今天有没有刚好见过维吉尔·萨利纳斯？

香织心里一沉。田中太太现在这样问，意味着有人这样问过她了——也就是说，维吉尔的父母、哥哥或者洛拉也在找他。这让事件的紧急等级上升到了最高级。

香织回复了一条短信。

> 没有。他本来今天 11 点钟要来的，
> 可是一直都没出现。

香织还想回复更多细节——她们正在找维吉尔，原本打算要做一个仪式，诸如此类——不过要是那样的话，田中太太可能会让她和小吉立刻回家。所以香织删除了已经打好的

那些字眼，等待着她母亲的回复。

"她问我们知不知道维吉尔在哪儿。"香织忧心忡忡地说。

事情不太对劲。

事情绝对绝对不太对劲。

"也就是说维吉尔的父母也在找他，"香织对小吉说，"所以他并没有像我们猜测的那样被关在家里。而且他从雷妮——呃，瓦伦西娅——上门之后也没有回过家。"

小吉皱了皱眉。

三个女孩沉默半晌，小吉再次眼前一亮。

"哈，没准他跟 VS 私奔了！"小吉说，"没准他们一起跑了，跟电影里演的似的。"

"那怎么可能？"香织说，"之前他连人家的姓名缩写都说得结结巴巴呢。"

瓦伦西娅的手机又震动了起来。

"不是没可能啊。"趁着瓦伦西娅回短信的当儿，小吉说，"没准他昨晚或者今早上给她发了条短信，然后他俩就私奔了。这会儿正在电影院里吃着爆米花呢，就他和 VS 两人！"

"你是不是电视看多了？"香织说，"他绝对没可能跟VS'私奔'！那说不通……"

香织突然顿住了。

"怎么啦？"小吉问。

现在香织突然明白了，为什么自己会对瓦伦西娅的名字有一种"似曾相识"的感觉，为什么会觉得这个名字如此熟悉、如此关键。

瓦伦西娅·萨默赛特。

香织拍了拍瓦伦西娅的胳膊，当她抬起眼来看着自己后，香织问："你是什么星座？"

瓦伦西娅收起手机，扬起半边眉毛问道："怎么啦？"

"只用告诉我，你是不是天蝎座？"

瓦伦西娅犹豫了。

"是。你怎么知道？"

"你是不是每周四都要去你们学校的资料室补习？"

瓦伦西娅狐疑地歪起脑袋："是。怎么啦？"

小吉原地连蹦了三下："天啊！香织！她是 VS！她就是 VS！"

"没错。"香织一本正经地说，"她就是 VS。"

"到底怎么回事？"瓦伦西娅一头雾水地问，"我搞不明白你们在说什么。"

香织赶紧走到妹妹身边，拿手捂住了她的嘴："我们不能告诉你。"

"为什么不能？"

"就是不能。"

"这可算不上回答。"瓦伦西娅说，"很显然这事儿跟我有关，所以我有权知道。"她把目光转向小吉："所以到底是怎么回事？"

"我们不能告诉你，不然就会影响命定的轨迹。"香织说。她的手还捂在小吉的嘴上。

瓦伦西娅看起来很想笑。

"我是认真的。"香织说，"命运已经直接影响了今天发生的所有事。现在都柳暗花明了。"

"说嘛。"瓦伦西娅说，"快告诉我。"

"等我们找到了维吉尔，一切就都说得通了。"

香织能感觉到小吉兴奋得直冒泡，这些泡泡都快顶开她的手掌，在空气中噼噼啪啪地炸开了。

瓦伦西娅两手叉着腰："你要是不说，我就不帮你找他了。"

"万一他正身处危险之中呢？难道就因为我不告诉你，你就要置他于更危险的境地？"

瓦伦西娅的脸一沉，胳膊也垂了下来。

"我想你是对的。"她向香织伸出一只手指，"不过你得保证，我们找到他之后你就要告诉我。"

香织放开了小吉，这样她就能把手放在心口了："我保证我们一找到他就会给你一个合理的解释。"

"如果我们能找到他的话。"小吉补充道。

"会找到的。"香织说，"我们肯定会找到他的。"

36
也许

维吉尔累了。彻底累了。他还是很害怕、很饿、很渴，但更多的是感觉到累了。

他一直都是对的。大声呼救一点儿用处也没有，根本没人会听见他的喊声。没人会上这儿来。连续几个小时的担惊受怕让他精疲力竭。他太累了，甚至连帕都顾不上担心了。

"巴亚尼，在人一生中可以问自己的所有问题里，永远不要问'那有什么用？'，这是世上最最糟糕的问题了。"

鲁比。她知道些什么？

一想到这就是他和格列佛最后的结局，维吉尔搂紧了背包，打算干脆睡上一觉。然而他不想怀揣着对往昔的遗憾入睡，所以他想象起万一获救了，他会做出怎么样的改变来。

第一件事：他也许会鼓起勇气对他母亲说，"希望您别再叫我'乌龟小子'了。"也许她会接受这个提议，这样他就只会被叫作"维吉尔"或者"小维"之类的。没准家里人还会给他取个新的绰号，比如"巴亚尼"。

第二件事：下次"公牛"叫他弱智的时候，他会还嘴。"再敢说一次，你会后悔的！"他会这样说。他的声音不会有丝毫的颤抖，他一定会说出来，一定会。也许他还会和"公牛"打上一架。又或许不会，因为"公牛"能看出来他无疑会说到做到。

第三件事（也是最最要紧的）：他会和瓦伦西娅说话。就算仅仅是一句"你好"。要建立一段友谊，这个词就够了，不是吗？一个词就能让一切变得不同。

他现在就用他疲惫虚弱的声音把它说了出来："你好。你好。你好。"

这声音里充满了苦闷和痛楚。不过这井下的一切莫不如是。

"我累了。"维吉尔自言自语道，"我要睡了。就算帕要吃了我那也无所谓。"

他仰起头："你听见了吗，帕？你可以吃掉我，但别碰格列佛。我要睡了。"

他的洛拉曾说，重新睁开的眼睛看到的世界是不一样的。也许在他睡着之后，还能再次从家里醒来——那样他就可以去做那三件事了。也许他会蜷在温暖的被子里，听着从格列佛的笼子那里传来的吱吱嘎嘎声，那是这只豚鼠在从瓶子里喝水。

也许。

37
瓦伦西娅

在密林里是不能点蜡烛的，尤其是在好几天没下过雨的情况下。不过我们现在找到了一小块空地，而且香织很坚持这对仪式不可或缺。好消息是，她还认为我用脚在泥地上画出一个圈来，把沾了蛇唾沫的枕套扔在圈里也很重要——能把枕套处理掉，对我来说简直再高兴不过了。

蜡烛还没有点上，但小吉已经准备好了火柴。她看起来都等不及要用它们了。

"我们先要念一段祷词，然后才能点燃蜡烛。"香织说。

"祷词？"我问。

我的手机又在口袋里震动起来，不过我无视了它。就算我不能马上回家又有什么要紧的呢？再说了，我可是在做一件很重要的事——帮助别人寻找朋友。老妈对此是没法理解的。

"祷词是这样的,"香织闭上了眼睛,"失物的守护者啊,请指引我们找到他。我们以赤诚之心向宇宙请求,发送出这发自内心的愿望。"

她说得很慢很慢。

我等待着她继续说下去。

"这就完啦?"小吉问。

"是的。现在我们点燃蜡烛,然后等待。"

"等待什么?"我问。

"等待答案显现。"

我得承认,整件事在我看来有一点点怪里怪气和傻里傻气的。我也不知道自己是不是相信所谓的"命运"之类的事情。但我挺愿意成为香织的事业搭档的,我觉得我们一定可以做点儿成绩出来。我决定以后找个时间和她好好谈谈,但不是现在,这会儿我们还没有做完仪式。

"准备好了吗?"香织问,"我们得同时念出祷词。"

我们静静地站着。

香织开始重复起祷词,我们仨齐声念了出来——不过小吉念得有点儿跟不上趟。

当我劝说香织别在密林里点蜡烛的时候,完全没想到我们真的会引起火灾。但这件事就是这么发生了:小吉划火柴的时候用力过猛,火柴从她手里飞了出去,落进了圆圈外面的一堆枯叶里。枯叶立刻就被点燃了。倒不是熊熊燃烧的森林大火，而是更像家里的煤气炉上的那种火苗，完全没有惊慌失措的必要。但小吉却情不自禁地高声尖叫了起来。香织和我扑灭了火苗，我立刻喜欢上了和一个不怕踩灭火苗的人做朋友的想法。

火被扑灭了，小吉却还在尖叫。我抬起头，发现她不再是因为起火尖叫，她正指着我的身后。我转过身一看——

史克瑞德！

它正煞有介事地朝我们跑过来。

它立刻就到了我跟前，叫了一声，那意思是想要确保一切都好。狗就是这样的，它们总能在你遇到麻烦的时候及时出现。

空气里弥漫着一股烧焦的树叶的味儿。

"这是史克瑞德，"我说，"它不会咬人的。我有时候会照顾它，它就住在林子里。"

香织拿手臂护住小吉，可是小吉的惊吓来得快去得也快。她甩开香织，挠起了史克瑞德的耳朵。

香织看着一地的灰烬。"现在我们该怎么办？"她说，"依我看，仪式全完了。"

我正要回答，手机又震动了起来。我得查看一眼，否则它会一直震动个不停，直到把我逼疯为止。

我看了看手机屏幕，那上面显示有来自老妈的大约五百万条未读短信。不过还有两条短信是来自一个陌生号码的。第一条是：

> 你好，西班牙的瓦伦西娅。

我马上就反应过来这是维吉尔的奶奶发来的。第二条是：

> 你有见过我家小维吗？

大脑的运作方式真是有趣。我竟然一直都对寻找维吉尔的线索视而不见！不过在我看到那条短信的一瞬间，冥冥之中有什么东西——或者是圣雷内显灵也说不定——啪的一下拔掉了我脑子里的塞子。就这样，我恍然大悟，如梦初醒。

我们从田中家走去维吉尔家的路，穿过了这片林子；而维吉尔原本是要去田中家赴约的。他很可能走的就是穿过林子的这条路，不是吗？

"我今天一天差不多都在忙着抓蛇。"切特曾经说过，"我就是干这个的。"

所以切特和维吉尔几乎是同时待在林子里的。在学校里的时候，切特总是要对我做些白痴透顶的手势才会放我过去。在每天的科学课上，他也总会取笑大卫·凯斯特勒。切特就是一个小霸王。

接着我回想起了早上发现的那几颗摆放整齐的石头。小吉之前说过的话回荡在我的脑海里：

"就像你让维吉尔去找的那五颗石头？"

而我却把它们一颗一颗全部丢进了那口井里。

"我扭断了它的脖子，把它整个儿扔进了那口废井里。"

难怪那口井的井盖会是打开的。以前它从来没有打开过，所以我把它重新盖上了——这样就不会有哪只松鼠掉进去爬不出来了。

我有些喘不过气来。

我慢慢转向香织，把洛拉的短信举在身前。

史克瑞德轻推着我的手。

"我知道他在哪儿了。"我说。

38
光

"重新睁开的眼睛看到的世界是不一样的，小维。这是时间的诡计。你今天深信不疑的一切，到了明天可能就不再相信了。当你不再去看的时候，事物就起了变化。这时如果你重新睁开双眼，就会看到……"

光。

那是光吗？

维吉尔迷迷糊糊地睡了一觉。几个小时前，他是绝不会相信当一个人的生命处在十分危险的境地时，他还能睡得着。不过他刚才真的把格列佛搂在胸前睡着了。所有的哭泣、恐惧和孤独，变成一条又厚又大的毯子裹住了他，让他休息，于是他照做了。

不过现在，他能感觉到紧闭着的双眼前，黑暗有了变化，光亮出现了。就像他父亲啪的一下打开灯，叫醒他去上学一样。这一秒，还是漆黑一片；而下一秒，就有了光。

可是这儿怎么可能有光呢？怎么可能还有人的声音？有人在呼喊他的名字？

听起来像是有人在呼喊他的名字。也许是好几个人。

他好像还听见了狗叫声？这也太令人难以置信了。

他不想睁眼，因为他不想发现这只是一场梦境，一个诡计。说不定他已经死了，这就是人们提到过的那种"光"。如果他现在睁眼，一切都会化为泡影。他就再也听不到香织和小吉的喊声了——"维吉尔！维吉尔！"——在这之外还有第三个人的声音，那是一个女孩的声音，他对那声音很熟悉，但怎么可能是她呢？这不就正好说明一切都是虚幻吗？瓦伦西娅怎么可能跟香织和小吉在一块儿呢？她们甚至都不认识彼此。

这证明他已经死了，没有获救。

可是她们又呼喊了起来。

"我觉得我看到他了。"小吉说，"不过底下太黑了，看得不是很清楚。"

维吉尔睁开了双眼。他看见了光。

他看见了三个脑袋的轮廓，她们正低头看向自己。其中一个显然是香织。他能从发型认出来。

维吉尔眨眨眼。又眨眨眼。

"喂？"他说。他的声音又细又哑。

"喂？"

"大声点儿，巴亚尼。大声点儿！"

"喂！"他大喊道，"喂！"

"他在底下！他在底下！"是小吉的声音。她的声音像另一种光亮一样，充满了这口井。

"维吉尔，我是香织！我们马上救你出来！"

"哦。"维吉尔说，"好的。"

他想说得更多——他有那么多那么多话想说——但他最终只说出了这几个字。

他站了起来，两条腿又麻又疼。他查看了一下格列佛，格列佛正注视着他，胡须微微颤动。

"我们得救了。"维吉尔说。

格列佛吱地叫了一声。维吉尔拿下了胸前的背包，背到了身后。

"瓦伦西娅、小吉和我一起来的！"香织朝下喊。

她说话的方式让维吉尔觉得她知道瓦伦西娅是谁。可是她们是怎么认识的呢？香织是怎么找到她的？香织有透露什么给她吗？

突然间，维吉尔有些手足无措，这太让人难为情了。不过这不重要了。首先他得被救出去，到时候再难为情也不迟。

"你怎么会爬不出来？"香织喊道，"你怎么困在底下的？"

"梯子的最后几级不见了。"维吉尔喊，"我够不到。"

三颗脑袋互相看了看，凑在一起低声商量起了对策。

"我们在讨论营救你的最佳方案。"小吉告诉他。她们仨又讨论了几秒钟，他什么也听不见，直到小吉说："等等！这个怎么样？"

维吉尔看不见"这个"是什么。但他并不在乎，好像自己已经被救出去了似的。

"这主意不错！"是瓦伦西娅的声音，"我来吧。"

维吉尔咽了口唾沫。瓦伦西娅和香织、小吉在这儿。

瓦伦西娅。

都是拜那些大小各异的石头所赐吗？还是仅仅是种巧合？

"世界上并没有巧合这回事。"

有人攀着梯子爬了下来，手里拿着什么东西。也许是条绳子吧。她们上哪儿弄到的绳子？

是瓦伦西娅。她的速度比几小时前维吉尔下来时的速度快多了，不过她还是非常小心。

小心点儿，维吉尔想说。请小心点儿。他的心怦怦直跳。

他清了清嗓咙。

瓦伦西娅来到了最后一级栏杆，她把绳子的一头扔了下来："抓住这个，我把另一头绑在梯子上。这样你就可以拉着绳子爬上来，像登山运动员那样。"

在漆黑一片中，他看不见她的脸。这意味着她也看不见他。维吉尔为此感到庆幸。

他伸手去摸索那条绳子。是根跳绳。

"那是我的跳绳，维吉尔！我出门前随手带上了它！"小吉骄傲地朝下喊着，"是不是很走运？"

是的，维吉尔心想。太走运了。

39
瓦伦西娅

当你看到一个男孩靠着一根跳绳爬出一口井时，很难不去相信所谓的"命运"。

他一爬出来就去查看背包，原来那里头有一只豚鼠。我走到他身边好看得再仔细一些，史克瑞德也跟了过来，不过我把它赶开了——也许维吉尔不喜欢有狗靠近他的豚鼠。倒不是因为史克瑞德会一口吞掉豚鼠之类的。至少我觉得它不会。

维吉尔整个人都有些怔怔的，就好像他才从冰库里解冻似的。香织和小吉忙不迭地问了他一连串问题，虽然我不能辨认出她们说的每一个字，但我知道她们是在问维吉尔还好吗、有没有受伤、需不需要什么东西之类。虽然维吉尔不怎么答话，但在我看来他应该还好。

"我也养过一只豚鼠。"我说。

香织和小吉停下了盘问。我们仨一起看着维吉尔。她们在等待维吉尔回答，而我则在研究他的表情，这样如果他等下开口说话，我就能看懂了。

　　可是维吉尔什么也没有说。他脸上有种不自在的神色，就好像我在拿手电筒直射他的眼睛之类的。他从这只脚看到那只脚，最后又看向香织。以前碰上这种情况，我通常会觉得这人一定是不想理我，不过维吉尔看起来不像是会干这种事的那一类人。

　　也许他还没有从被困在井下的经历里回过神来。我想象不出来被困在底下是什么感觉，尤其是井底什么都没有。不过看样子他的情况算不得糟。他的两只眼睛又红又肿——我打赌他一定是哭过——他的衣服也脏兮兮的，不过除此之外，他看起来还跟资料室里的那个男孩是同一个人。

　　"我会赔你一根新的跳绳。"他对小吉说。声音小得几乎听不见。

　　小吉看看维吉尔，又看看我，然后重新看向维吉尔。这让我想起老师们让学生完成单词题时的那种眼神。

　　"那条旧跳绳没什么了不起的！"小吉说，"告诉我们所有事！你是怎么进去的？发生了什么？你在底下都干了些什么呢？你被关在那底下多久了？格列佛怎么了？你当时害怕吗？有没有觉得自己会死？你觉得自己还能坚持多久？"

　　"天哪，小吉，你的问题就这么没完没了吗？"香织说。

　　"你刚刚不也问了一个吗？"小吉回答。

维吉尔看了我一眼。他从脸红到了脖子根儿，就像是有人在拿颜料抹在他身上一样。

"格列佛被困在了底下。"他说。我只能听懂个大概，因为他说得太小声了，而且他是面朝香织说的："我只好下去救他。"

我转向香织："格列佛？"我不知道自己是不是听对了。

"那是他的豚鼠的名字。"香织解释道。

"我养过的那只豚鼠名叫莉莉菩提。"我对维吉尔说。

他的脸上闪过若有所思的表情——我能看出来他一定也知道那个故事。不过他依旧紧闭着嘴，就跟有人用胶带把他的两瓣嘴唇给封起来了似的。

"维吉尔。"香织一边说着，一边看着我，确保我能听清。

"你认识瓦伦西娅吗？瓦伦西娅·萨默赛特？你认识她，对吧？"

她说话的方式怪怪的，好像是在给维吉尔某种暗示。这是怎么回事？

维吉尔点点头。

我们都站在那儿，陷入了沉默。

"莉莉菩提是格列佛游历过的一个岛屿。"鉴于大家都不再说话，我开口道，"是不是很巧？"

香织和小吉一齐张开了嘴想要说什么，我赶紧举手示意："我知道，我知道，世界上并没有巧合这回事。"

兜里的手机又嗡嗡震动了起来。是老妈。她不太高兴。

我很担心！你在哪儿？速回！

全都用的是叹号。情况不妙。

我叹了口气："我真得走了，我老妈已经抓狂了。"

香织用力地推了推维吉尔的肩膀。史克瑞德在一旁转来转去，以防有什么事情发生，接着它停在了维吉尔身边，懒洋洋地摇着尾巴。

香织连比带画地说："人家刚刚把你从井里救了出来，你就不能说一声谢谢？"

可是我并不介意他这样不言不语。有的人就是很害羞，这并不意味着他没礼貌。我知道被人等着说出正确的话是种什么滋味，尽管有时候你压根都不知道"正确的话"是什么。人们忘记"约法三章"时我就是这感觉。

可是香织还在坚持。她扬着眉毛，抬手示意：说呀，说呀。

维吉尔盯着他的脚尖。我觉得他的嘴大概是在动吧，可是我完全听不清他在说什么——如果他真的说了什么的话。可是没时间细究了，我要是再不马上回家，老妈百分百会崩溃的。

我答应回头发短信给香织，讨论"田中和萨默赛特"的事。接着我就和他们挥手作别："回见。"

事情就这样草草收场了。不过本来，事情往往就不会按你期待的那样收尾。

40

维吉尔·萨利纳斯，你没救了

香织太不容易了。浩瀚无垠、神秘莫测、变化无常的宇宙对一切都进行了事无巨细的安排（毫无疑问，香织的影响也功不可没），而维吉尔却连简简单单的两个字都说不出口！

"搞什么啊？"香织说，"搞什么啊？她可是 VS！可你却连话都不跟她说！"

维吉尔的脸唰地红了。现在他已经满脸涨得通红。他把手放在史克瑞德的头上，手指抚摸着它的毛。

"什么意思？"他说。

瓦伦西娅已经走出了视线，香织朝她离开的方向一摊手，同时还翻了个白眼，重重地叹了口气，以示她有多失望。

"你连口都不开！这是你的机会，维吉尔。学校放假了。

她刚刚把你从井里救了出来……"

"喂，我才是提供绳子的那个人！"小吉说。

"可是你就只是站在那儿！我还以为她就是你梦寐以求的那个女孩呢。命中注定要做朋友什么的。"

维吉尔的脸现在红得跟熟透的草莓一个样了。

"什么意思？"他吞吞吐吐地说，"我不认识她。"

香织抱起了胳膊，小吉也依葫芦画瓢。

"维吉尔·萨利纳斯，谁要是对我撒谎我一下就能看出来。你现在正式成为了全宇宙最最糟糕的骗子。这太可悲了，宇宙原本在帮你。"

维吉尔直盯着史克瑞德，史克瑞德也看着他。

"宇宙什么也没有做，香织。如果它真的在帮我，那就不会……"

他顿住了。

"不会什么？"香织说，"算了。"

"如果这不是宇宙的安排，那你怎么解释今天发生的一切？"香织又忍不住掰着手指说道，"事实上，VS来拜访我，跟你失踪发生在同一天；事实上，她不知怎么的就推测出了你的位置；事实上，小吉刚好带了跳绳。"

"就是。"小吉在一旁帮腔，"这些你怎么说呢？"

"还有别忘了，"香织把手指举到空中以示强调，"事实上，她的豚鼠跟你的豚鼠名字一样。"

"不一样。她的豚鼠名叫莉莉菩提。"

"那还不是一回事儿！"

香织还想继续说下去，这时她收到了田中太太让她回家吃饭的短信。

维吉尔看着狗："香织，这一切只是……"

"别说出来！"香织说，"别说这一切只是……"

"别说出来，"小吉说，"……巧合。"

香织垂下了脑袋："如果你真是这么想的，那你没救了，维吉尔·萨利纳斯。"

她转过头招呼小吉："走吧，小吉。田中太太做了鸡排。"

41
榆树街的老虎：续

他只需要说两个字，就两个字："谢谢。"瓦伦西娅·萨默赛特把他从井里救了出来，可他连谢谢都没有说一声。他半个字都没说。连招呼也没有打。开口怎么这么难呢？他为什么还是死性不改？

"你好，瓦伦西娅。"维吉尔一边沿着榆树街走着，一边喃喃自语，"谢谢。你简直救了我的命。我欠你一个人情。"

史克瑞德跟在他身边，好像他们之间连着一条看不见的绳子。

维吉尔浑身发痛。难忍的饥饿刺穿了他空空如也的肚子；他的脑袋怦怦直跳，仿佛那里头装着一颗心脏。他邋遢极了。他原本可能死掉。不过他至少可以说句"谢谢"。他至少应该说句"你好"。

史克瑞德的脚掌踢踢踏踏地踩过街道。像往常一样，维吉尔警惕地意识到自己已经快要接近"公牛"的家了。但他已经筋疲力尽了，无所谓了。和与死神擦肩而过的经历比起来，切特就太普通了，甚至有点儿无聊。

维吉尔不知道是不是命运在考验他，或者这只是周六傍晚例行的衰运——他们正好碰见了在屋外的"公牛"。"公牛"正把篮球抱在膝盖上，坐在车道中间，盯着篮筐看。篮筐仿佛离他有十万八千里。

"喂，白痴！"切特看到了维吉尔。紧接着他看到了史克瑞德，于是朝后退了一小步。

维吉尔没有像往常那样低下头，他也没有闭住呼吸溜过去，直到危险解除。他太累了，太倦了。今天可不是招惹维吉尔·萨利纳斯的好日子。嗯，这样的日子再也没有了。

维吉尔直视着切特的眼睛，他想也没想地站住了。

史克瑞德也停下了脚步。

"公牛"从地上站了起来，胳膊环抱着篮球。他的目光从史克瑞德挪到了维吉尔身上。

"瞅什么瞅，白痴？"他的声音里有一丝颤抖？

维吉尔的双臂垂在两侧，史克瑞德轻轻拱了拱他的手。

"再敢说一次，你会后悔的！"维吉尔说。

"公牛"脸上似笑非笑的表情消失了。他清了清嗓子。

"算了。"他说。

"只需要不多的词句，就能改变你的生活，巴亚尼。"

洛拉在屋外等着，维吉尔出现了。一看见他，洛拉就嘀咕开了："哎，孩子！我一直都在给你打电话和发短信！你上哪儿去了？那只狗跟着你干吗？你怎么不说话……"

现在维吉尔走得更近些，洛拉能够看清他那身皱巴巴的衣服、乱蓬蓬的头发、晶亮亮的汗水、肿兮兮的眼睛，还有沾满了梯子上的污垢和铁锈的双手。他脸上的表情也一定不同以往了，因为在打量了一番他的衣服和头发之后，洛拉端详起了他的表情。

"小维，"她温和地说，"你今天这是怎么了？"

"我被吞了，就像那个石头男孩。不过朋友们把我救了出来。"他说。他的声音充满了疲惫。他走过洛拉身边，打开了前门。洛拉不再问话，跟着他走了进去。史克瑞德也跟了进去。

维吉尔的父母和两个哥哥正在客厅里，不过他们并没有察觉出维吉尔的异样。他们正在看着某个搞笑的电视节目，整个屋子里充满了嘈杂的笑声。维吉尔的父母背对着他坐在沙发上，双胞胎哥哥们则一左一右地坐在两旁的躺椅上。

他母亲听见了开门的声音，扭过头。她一看见史克瑞德就立刻站了起来，疯狂地挥着手。

"快把那条狗赶出去，乌龟小子！它会弄脏地毯的！"

其他人也转头看了过来。

"屋子里养条狗是好事。"洛拉说，"能防贼。"

她和维吉尔心照不宣地对视了一眼。

维吉尔的父亲说："来坐这儿，跟我们一块儿看电视。"他转过身接着看了起来，显然对家里出现了一只陌生的大狗这件事无动于衷。

朱利叶斯和朱瑟利托半站在他们的座位上，打量着史克瑞德。

"这狗是什么品种？"朱利叶斯问。

"你从哪儿把这狗弄来的？"朱瑟利托问。

"我不知道。它跟着我回来的。"维吉尔说。

就在那一刻，维吉尔才突然意识到他的家是多么明亮。就连家里的气息也那么让人舒服，以前他从来没有留意到过这一点。凉爽的空气让他的皮肤也惬意极了。

他母亲绕着沙发走了过来，驱赶着史克瑞德。史克瑞德朝大门的方向走了两步，又往回朝维吉尔的方向走了两步，它已经被萨利纳斯太太的大呼小叫给搞糊涂了。

"乌龟小子！这狗太脏了！还臭得很！"

洛拉把手放在了史克瑞德头上。史克瑞德停下了脚步。

"给它洗个澡就没事了。"洛拉说，"维吉尔会帮它洗个澡的。是吧，小维？"

她扬起下巴看了他一眼，那眼神是在说"我懂"。

可是，懂什么呢？

"你不是之前的你了，她懂。睁开你的双眼吧，巴亚尼。"

维吉尔眨眨眼。他也把手放在了史克瑞德头上，就放在洛拉的手旁边。

"我希望你能别再叫我乌龟小子了。"他对母亲说,"你可以叫我维吉尔,或者小维,巴亚尼也行。但别再叫我乌龟小子。"

她停止了大呼小叫,盯着他看。维吉尔还从没见过他母亲这副表情。他不知道这表情是什么。生气?伤心?震惊?

"她第一次看见真正的你,巴亚尼。仅此而已。"

她亲了一下自己的食指,按在了维吉尔的额头上。

"好吧,小维。"她说。

42
短信

我手机里有七十三条新短信。都是我和香织互相发的。我们在研究合伙的事。田中和萨默赛特。我一开始觉得应该这么排——萨默赛特和田中——不过鉴于合伙的主意是她想出来的，而且她更懂行，我最终还是决定让她的姓排在前面。

我手机里有七十三条新短信。

昨天的时候我才只有十二条，大部分都还是老妈发的。

现在已经快午夜了。我的房间已经黑灯瞎火了好几个钟头，只有手机屏幕的一点光亮。我打了个哈欠，香织和我决定把未尽事宜留待明天接着讨论。反正我们已经讨论出了个七七八八了，下一步计划就是招揽更多的客户。

在互道晚安之前，我还有一个问题。

在我们去那口井之前，
你和小吉到底在说什么？
你说过找到维吉尔之后，
一切都会有合理的解释。

香织迟迟没有回复——又或者仅仅是我个人的感觉。终于，她回了：

时机到时，
宇宙自然会说的。

如果我要和她合伙，那就得学着点儿像她这样说话。或者至少得捣鼓清楚这些字眼的意思。

不过，我想我已经有了主意。

这和跟圣雷内说话没什么不同。

我不知道圣雷内有没有在听。

我甚至都不知道圣雷内有没有可能听得到。据我所知，他早就不在世上了，我只是在对不存在的人说话。

但是圣雷内依然可能存在于某处，倾听着，颔首着，一路照拂着我。

谁知道呢？

我把手机放在胸前，摇了摇从水晶岩洞带回来的那个雪花球。我看着蝙蝠起起落落，翩然飞舞。今天我实现了当一个探险者的夙愿。一口井某种程度上来说算得上是岩洞，对吧？

我闭上眼，回想起这一天发生的事。我之前还从来没有帮助过一个遭了蛇咬的人；从来没有从井里救起过一个男孩；从来没有遇见过一个灵媒——这些都发生在同一天！所以有不少可供回味的。生活有时候还真有点儿意思。

昨天我手机上只有十二条短信。今天就变成了七十三条。

我回味着所有事，甚至包括小吉的跳绳。我想象着它挂在最后一级栏杆上的样子。要多少年之后，小吉的跳绳才会腐烂消失呢？也许——也许——在一百年以后，它可以帮助别的孩子逃出去。我想象着那个孩子会是什么样子，没准又是一个男孩，也或许是个女孩。他们被朋友怂恿，只身进入了那口井，然后掉了下去。他们以为自己被困住了，再也出不去了，直到他们发现了绳子。他们会认为这是"命运"的安排。他们会百思不得其解，那条绳子怎么会拴在那儿呢？他们永远也不会知道真相。

那条绳子会闪闪发亮——在漆黑一片之中，有一抹亮粉色。

我喜欢这个想法。

这让我觉得我们似乎为别人留下了点儿什么。

我不敢保证，但我知道自己今晚应该不会再做噩梦了。别问我怎么知道的，我就是知道。

我想起了莉莉菩提，还有格列佛。不知道如果问问老妈的话，她会不会同意我再养一只豚鼠。

我想起了史克瑞德。它现在在做什么呢？

我还想起了维吉尔，想起了他唰的一下脸红的样子。想起了他不声不响的样子，想起了他在家庭合影里的样子——就好像他是被父母逼着去照相的，这倒是很有可能。

一想到维吉尔，我就想到了他奶奶。她管我叫"西班牙的瓦伦西娅！"，我得记好了，将来要更多地了解一下瓦伦西娅大教堂。她说过那是一个很重要的地方，而且她看起来对此非常笃定。我想知道它到底哪里重要。

我不知道大教堂是什么样子，我将来一定要去亲眼看看。

我又打了一个哈欠。

我闭着双眼，感觉自己正在朝着梦乡下坠，下坠，下坠。就在我快要睡着的时候，却又被什么给惊醒了。我坐起身，睁开眼，房间像是被手电筒给照亮——不过不是手电筒，而是我的手机。它在震动。

香织可能又想起来了什么事儿。

我拿起手机，屏幕的亮光刺痛了我的双眼。

现在是凌晨三点零三分。

是洛拉的手机发来的。不过我立刻就觉得那应该不是洛拉。

一瞬间，我完全清醒了。

我盯着那个词儿看，不知怎么的，我的心底升起一种奇怪的感觉，就像是成千上百的蝴蝶扇动翅膀飞了起来。

那条短信的内容是：

你好

致　谢

本书要感谢以下人士：

首先是加劳德特（Gallaudet）大学的退休教授吉娜·奥利瓦（Gina Oliva）博士，她是聋哑人士的支持者，亦是《主流中的孤独：一个聋哑妇女记忆中的公立学校》一书的作者。谢谢您的洞见、耐心和友善。此外还要感谢南希·科特金（Nancy Kotkin）、约翰·墨菲（John Murphy）、戴维·德雷夫（Davy DeGreff）、阿伊莎·哈米德（Ayesha Hamid）、丽贝卡·弗里德曼（Rebecca Friedman），感谢罗斯蒙特学院（Rosemont College）的 MFA 项目，哈珀柯林斯（HarperCollins）出版社超棒的团队，还有我超棒的经纪人萨拉·克罗（Sara Crowe），以及妙笔生花的艺术家、插画家伊莎贝尔·罗克萨斯（Isabel Roxas）。

图书在版编目（CIP）数据

不爱说话的十一岁 / (菲) 艾琳·恩瑞达·凯莉著；
程婧波译. -- 上海：文汇出版社, 2020.5
ISBN 978-7-5496-3141-4

Ⅰ.①不… Ⅱ.①艾… ②程… Ⅲ.①长篇小说—菲
律宾—现代 Ⅳ.①I341.45

中国版本图书馆CIP数据核字（2020）第041293号

不爱说话的十一岁

作　　者 / [菲] 艾琳·恩瑞达·凯莉
译　　者 / 程婧波

责任编辑 / 张　涛
特邀编辑 / 吴亚雯　　蔡若兰
封面插画 / 向　静
内文插画 / [美] 伊莎贝尔·罗沙斯（Isabel Roxas）

出版发行 / 文汇出版社
　　　　　 上海市威海路 755 号（邮政编码 200041）
经　　销 / 全国新华书店
印刷装订 / 三河市龙大印装有限公司
版　　次 / 2020 年 5 月第 1 版
印　　次 / 2020 年 5 月第 1 次印刷
开　　本 / 880mm×1230mm　　1/32
总 字 数 / 132 千字
总 印 张 / 7.25
ISBN 978-7-5496-3141-4
定　　价 / 35.80 元